L'OMBRE DE LA SAINTE-VICTOIRE

DU MÊME AUTEUR

Le Berger d'ombres, contes (Luneau Ascot, 1980).
Le Festin des mouettes, nouvelles (Arcantère, 1989)
Le Jardin d'argile, roman (Le Cherche-Midi, 1997), Prix Antigone.
Le Crime des hautes terres, roman (Presses de la Cité, 2001).
La Fiancée du santonnier, roman (Presses de la Cité, 2002).
Le Maître des roseaux, roman (Presses de la Cité, 2003).
Marion des salins, roman (Presses de la Cité, 2005).
L'Homme chargé d'octobres (Le Cherche-Midi, 2005).
Le Mas des terres rouges (Presses de la Cité, 2006).
Un lavoir en Provence (Le Pré-aux-Clercs, 2007).
L'Aîné des Gallian (Presses de la Cité, 2007).

OUVRAGES SUR LA PROVENCE

Les Alpilles, bibliophilie, avec seize lithographies de Jean-Claude Quilici (Les Editions européennes du Prado, 1991).
Marseille aux cent visages, photographies de Pedro Hernandez (Du Perron, 1992).
Le Cabanon, photographies de Camille Moirenc (Jeanne Laffitte, 1994).
Gens de Provence, anthologie (Omnibus, 1997).
Marseille vous souhaite la bienvenue, photographies de Christian Crès (EEMP, 1998).
Provence (EEMP, 1999).
La Crèche et les santons de Provence (Aubanel-La Martinière, 2000).

POÉSIE

Chasseur de mémoire (Le Cherche-Midi, 2001).
Jardins ou peut-être jardin (Alain Benoît, 2003).
Le Manteau de Circé (Le Taillis Pré, 2003).
Les Silences du passeur (Le Taillis Pré, 2006).

MONOGRAPHIE

Briata (Edisud, 2002).

Grand Prix littéraire de Provence 1994 pour l'ensemble de l'œuvre.

JEAN-MAX TIXIER

L'OMBRE DE LA SAINTE-VICTOIRE

Roman

Production Jeannine Balland
Romans Terre de France

PRESSES DE LA CITÉ

ISBN 978-2-258-07568-9

Première partie

L'ENFANT SAUVÉE DES EAUX

1

D'où vient qu'un lieu se distingue d'autres lieux semblables ? Pourquoi une montagne devient-elle au fil du temps beaucoup plus qu'une montagne ? Ainsi s'interrogeait devant la Sainte-Victoire Bertrand Larivière, ancien médecin-chef de la Royale, récemment retraité. La nature possédait-elle une âme qui se répandait sur toute chose créée ou bien était-ce une illusion due à la projection de l'âme humaine telle que Dieu tout-puissant l'avait accordée aux hommes ?

Il n'existait pas de réponse à ce genre de questions. Un homme de bon sens devait éviter de se les poser. Cependant, depuis son retour d'Indochine, Bertrand se sentait attiré par la métaphysique. Il passait de longues heures à méditer en silence, souvent face à la Sainte-Victoire. Entre elle et lui s'établissait un dialogue muet. Depuis qu'il avait quitté le service, aucune obligation ne pesait plus sur lui. Il se sentait seul, disponible et, pour tout dire, un peu désemparé, malgré la présence de sa fille adoptive qu'il chérissait tendrement. Son existence se déroulait sur un rythme monotone qui ne convenait pas à son tempérament actif. Il cherchait des dérivatifs à son oisiveté.

Dans sa vie antérieure, il obéissait à un règlement, à des ordres. Il incarnait un idéal précis et codifié. Celui d'un marin doublé d'un médecin. Avait-il été d'abord marin ou médecin ? Laquelle de ces deux professions l'avait-elle emporté sur l'autre ?

La seconde, sans doute, puisqu'elle représentait ses plus nobles ambitions, celles qui l'avaient guidé dès le début. La vocation de soigner les maux de ses semblables, d'alléger leurs souffrances, d'être utile à son prochain. Comme il voulait aussi voyager, il s'était inscrit à Santé Navale, sitôt après le baccalauréat.

Ce choix présentait plusieurs avantages. Il entrait dans une carrière qui convenait à ses goûts et dans laquelle il avait la conviction de se réaliser. Par ce moyen il s'éloignait aussi de sa famille, qui commençait à lui peser. Il volait de ses propres ailes. Cette liberté, cette indépendance, si ancrées dans son caractère, il en rêvait depuis l'adolescence. Non que la fréquentation de ses parents fût pénible. Ces gens très estimables, d'esprit libéral, l'entouraient d'affection. Ils n'avaient d'ailleurs pas opposé d'objections quand il les avait informés de sa décision. Ils l'avaient au contraire encouragé et, tout au long de ses études, l'avaient soutenu moralement et financièrement. Ils n'encouraient aucun reproche.

La discussion avait eu lieu dans le grand salon. Son père, Lucien, calé dans son fauteuil favori, lisait les gazettes, comme chaque matin. Sa mère, Odile, faisait du canevas. La pièce était silencieuse, seulement troublée par le battement irritant de l'horloge grignotant le temps de cette matinée d'été déjà chaude. Il venait d'obtenir son baccalauréat avec mention. Il possédait désormais le passeport nécessaire à la poursuite d'études supérieures. C'était le moment d'aborder le sujet.

Il se tourna vers son père.

« Je voudrais vous parler », dit-il simplement.

Lucien leva les yeux de son journal.

« Cela ne peut-il pas attendre ?

— Non. Je préfère maintenant. »

Odile posa son ouvrage de dame sur un guéridon et considéra son fils avec bienveillance. Bertrand se dandinait devant eux, visiblement mal à l'aise.

« Tu as l'air bien solennel, observa Lucien. De quoi veux-tu parler ?

— De mon avenir, père.

— De ton avenir ! reprit Lucien. C'est, en effet, une chose sérieuse qui mérite attention. Eh bien ! Je t'écoute, mon fils. »

Bertrand s'était lancé dans un long monologue. Il expliquait son choix et les raisons qui l'y avaient déterminé. Il vantait les mérites d'une profession qu'au demeurant il connaissait peu. Il parlait de son goût du voyage. Il voulait voir du pays. Il voulait se frotter à d'autres civilisations, acquérir une grande expérience humaine. De temps en temps, son père l'interrompait d'une question.

Sa mère n'intervenait pas. Son visage s'était tendu. Elle redoutait la perspective d'une séparation de longue durée qui la priverait de son unique enfant. Elle avait eu jadis une fille, morte en bas âge. Le chagrin de sa perte la rongeait toujours, quoiqu'elle n'en parlât pas.

Les propos de son fils l'affectaient profondément. Elle se préparait à une nouvelle déchirure. De toute façon, elle se rangerait à l'avis de son mari. Bertrand n'étant pas encore majeur, la décision finale appartenait au père.

Quand Bertrand cessa de parler, le silence se fit. Un silence épais, pesant. Il se prolongea pendant une minute qui parut une éternité. Lucien semblait perdu dans ses pensées. Son attitude ne laissait rien présager de bon. L'impatience gagna Bertrand. Il se contenait pour ne pas désobliger son père, à qui il devait le respect. En ce moment crucial, son avenir en suspens dépendait de la décision paternelle.

Enfin, Lucien reprit la parole.

« Tu m'as parlé avec beaucoup de franchise et de conviction, mon garçon. Je t'en sais gré. Tu ne t'engages pas à la légère. Tes arguments m'ont touché.

— Alors, père ?

— Je n'ai pas d'objections. Tu as ma bénédiction.

— Qu'en pensez-vous, mère ? »

Odile fit un effort pour paraître sereine, malgré l'angoisse qui l'étreignait.

« Je me range à la décision de ton père. Il est de bon conseil.

— Mais, vous, insista Bertrand, quel est votre sentiment personnel ?

— N'incommode pas ta mère, intervint Lucien.

— Laissez cela, mon ami, dit Odile d'une voix altérée. Je n'ai pas à cacher ce que j'ai dans le cœur. »

Elle se tourna vers Bertrand.

« Que tu deviennes médecin me réjouit. C'est une profession très honorable. J'aurais aimé que tu l'exerces ici, dans notre région, comme l'oncle Gustave, qui est devenu une sommité admirée et respectée de tous. Par contre, ton engagement dans la Royale m'inquiète. Il t'arrachera à notre affection. Cependant, sache-le, nous serons toujours à tes côtés.

— Ta mère a raison, confirma Lucien. Concentre-toi sur tes études. Nous t'aiderons de notre mieux.

— Merci, père », dit Bertrand avec émotion.

Son destin s'était noué ce jour-là. Il se souvenait de la scène dans ses moindres détails, comme si elle s'était déroulée la veille. Aujourd'hui, ça faisait des années que Lucien et Odile avaient quitté ce monde. A leur mort, il était trop loin pour revenir à temps assister à leurs derniers instants. Il n'avait pu accompagner ni l'un ni l'autre à sa dernière demeure. Le remords d'avoir failli le tourmentait.

Ses parents reposaient dans le cimetière du village, à côté de la petite sœur qu'il n'avait pas connue. Lucien était parti le premier. Odile avait survécu trois ans à la mort de son époux.

Bertrand s'asseyait volontiers dans un fauteuil, sur la terrasse de sa bastide. Il aimait particulièrement cet endroit. La vue embrassait la Sainte-Victoire qui se profilait à l'horizon sur toute sa longueur. Elle surgissait d'un écrin de verdure, reconnaissable entre toutes par la modestie de ses dimensions – elle n'accusait que 945 mètres d'altitude – et par sa légèreté. On eût dit un vaisseau arborant sa voilure majestueuse.

Elle suscitait les comparaisons. C'était un navire ancré au milieu des terres, ou encore, à cause de son profond mystère, un immense dolmen, posé là par quelque titan dans des temps très anciens. Elle revêtait surtout, aux yeux de Bertrand, une valeur symbolique. La Sainte-Victoire était une baleine blanche. Elle surgissait des profondeurs de la terre comme le légendaire Moby Dick des abîmes de la mer. Terrible et fascinante, sombre et lumineuse, elle déployait une énigmatique splendeur.

Voilà pourquoi, depuis des siècles, elle hantait les esprits. Cette déesse de pierre, drapée dans sa toge immaculée, inspirait l'adoration. On la célébrait à l'égal d'une divinité. Des fidèles venaient l'honorer en procession. Grâce à sa force d'attraction, la montagne était devenue sainte. En témoignait la croix qu'on avait érigée au sommet, un jour de 1875.

Bertrand avait sa propre interprétation des faits. La présence de cette croix ne représentait pas prioritairement un acte de foi, même si c'en était un. Elle dominait la haute vallée de l'Arc. De là, par temps clair, la vue portait jusqu'à la mer. Elle marquait en fait la suprématie de l'Eglise. Partout, elle avait bâti ses édifices à l'emplacement des temples païens. Il s'agissait d'écraser les anciennes croyances, d'effacer les traces matérielles du paganisme, de montrer sa toute-puissance aux yeux du monde. Cependant, la christianisation de la Provence n'avait pas éradiqué la présence païenne. De nombreux signes en révélaient la survivance.

La réalité est plus complexe qu'on ne le pense. Bertrand connaissait l'histoire de son pays. Il y avait eu plusieurs croix. Celle-ci, haute d'une vingtaine de mètres, était en fer. Sa mission avait été de contenir l'invasion des Prussiens et l'épidémie de variole. Elle avait déjà joué jadis ce rôle de rempart naturel contre les hordes barbares massacrées par les légions romaines, tout près, au village de Pourrières.

La montagne était chargée d'histoire. Elle s'inscrivait dans la mémoire des hommes. Ses fondations s'enfonçaient dans l'inconscient collectif. Cela n'expliquait pas tout. Il fallait prendre en compte la forme de l'autel gigantesque voué aux sacrifices, son inscription dans le paysage. La lumière émanait de la matière. Elle inspirait des émotions qui variaient au fil des heures, en fonction des saisons : angoisse, admiration, peur, joie, respect.

L'énigme de sa présence se muait en une beauté barbare, attirante et repoussante à la fois. Il ne s'agissait pas de pierre mais de chair vive, d'une création sensible malgré son apparente dureté. Bertrand n'était pas en présence d'une formidable poussée tellurique, comme l'affirmaient les géologues, mais d'une construction de l'esprit. L'homme avait besoin de repères géologiques. Il y trouvait une puissance tutélaire, des réponses aux questions éternelles, un recours.

La Sainte-Victoire était pour Bertrand Larivière un lieu de méditation et de prière, de délivrance ou de perdition. Les forces bénéfiques équilibraient les forces maléfiques. Il l'éprouvait lorsqu'il partait en promenade le long des sentiers conduisant au sommet. La montagne sanctifiait le présent en lui donnant du sens. Elle fabriquait de l'éternité.

Durant son long séjour en Indochine, il considérait la réalité sous cet angle. L'Extrême-Orient modifiait cependant sa sensibilité. Les souvenirs n'affleuraient plus que rarement à sa conscience. L'exotisme s'imposait sans partage, les absorbait.

Il découvrait à présent qu'il s'agissait d'une impression superficielle. Il retrouvait son passé intact depuis son retour d'Indochine. Ce trésor intime le ravissait. Maintenant c'était l'Indochine qui s'enfonçait peu à peu dans l'oubli. La distance ne pardonnait pas. Bertrand luttait en vain contre un mouvement qui le privait d'une période essentielle de son existence.

Les choses allaient leur train. Il l'admettait avec réticence. L'homme montrait une faculté d'oubli déconcertante. Episodes joyeux ou dramatiques s'estompaient inexorablement à mesure que s'écoulait le temps. Cela représentait probablement un moyen de défense. Sans ce dispositif psychologique, l'existence s'alourdirait d'un fardeau impossible à traîner.

En retraçant son itinéraire oriental face à la Sainte-Victoire, Bertrand ne commettait pas un sacrilège. Il renouait les fils pour retrouver son unité. Il éprouvait de la reconnaissance envers l'Indochine, son pays d'adoption. Sans lui, il n'aurait pas à ses côtés Lan-Bénédicte, sa fille adoptive. Le soleil de sa vie.

2

Bertrand Larivière se revit jeune aspirant, grisé de sa première affectation, à des milliers de kilomètres de son village natal. Il partait sans regret. La nostalgie viendrait plus tard. Pour l'heure, rien n'altérait sa fierté et sa joie. Au bout de l'océan commençait l'inconnu. Il brûlait de se confronter à ces terres lointaines récemment soumises à la France. La mère patrie leur déléguait ses enfants les plus aventureux, au nombre desquels il comptait.

Un matin de juin 1905, un jeune et fringant aspirant embarquait, à Marseille, à bord de l'escorteur d'escadre *Le Farouche*, placé sous le commandement du capitaine de frégate Jean-Marie Le Cornec. Une nouvelle vie commençait. Les forts Saint-Jean et Saint-Nicolas, les îles du Frioul et la colline de Notre-Dame-de-la-Garde s'éloignaient dans une brume blanche. La mer virait du bleu turquoise au violet sombre. Il croyait en son destin.

De l'Indochine, Bertrand Larivière ne connaissait rien, à part des gravures de *L'Illustration*, magazine auquel son père était abonné. Elles représentaient des scènes pittoresques, la jungle, les rizières, les sampans, les pousse-pousse, les rickshaws dont les roues prolongeaient de prothèses métalliques les jambes du pédaleur.

Il se souvenait des Pavillons-Noirs, affreux pirates sanguinaires, des marsouins empalés, des belles femmes énigmatiques vêtues de longues robes moulantes fendues jusqu'aux cuisses. Dans ces eaux-fortes, ces minutieux dessins à la plume, les artistes restituaient leur sensualité. Ainsi s'éveillaient ses premiers émois d'adolescent.

Avait-il assez rêvé sur ces vignettes ! Cette imagerie de pacotille, les légendes fabriquées par les navigateurs, les fonctionnaires coloniaux et les journalistes toujours à l'affût d'informations provocantes étaient à l'origine de sa vocation. En exploitant le dépaysement, ils enjolivaient les faits et se taillaient des succès faciles.

Il avait gobé ces bobards. Ensuite, l'âge venant, et l'expérience, il ne s'était plus laissé prendre. Néanmoins, il admirait toujours le talent des dessinateurs et continuait d'aimer les histoires. Elles ne disaient pas la vérité, mais c'était agréable.

Ce qui avait attiré là-bas le jeune médecin n'était pas la mission civilisatrice de la France ni l'opportunité de prodiguer ses soins à des populations fort démunies. C'était ses rêves d'adolescent, l'illusion d'une vie plus riche, plus excitante, relevée d'épices nouvelles.

Ainsi le jeune docteur Larivière rallia-t-il Hanoi, au bord du fleuve Rouge, son principal port d'attache. Il constata sur place combien la réalité différait de l'image diffusée en métropole. Cette prise de conscience modifia durablement son comportement et sa façon de penser.

Depuis son départ de la marine, Bertrand s'était retiré dans sa demeure, au pied de la Sainte-Victoire. Pas un jour ne s'écoulait sans qu'il évoquât les années passées au Tonkin. Ainsi les vieux militaires ressassent-ils leurs campagnes et les souvenirs des villes de garnison. Il en ressentait le manque et se réfugiait volontiers dans le passé récent. La Provence constituait un piège. Sa beauté vous abusait. Elle prenait comme de la glu et vous ne pouviez pas vous en libérer sans aide.

Quand il était loin, il en parlait avec passion. La Provence était la plus belle province du monde. Inutile d'en vanter les mérites. Il suffisait d'ouvrir les yeux.

Bertrand avait essayé d'en convaincre son premier ami marin. Le Cornec, ardent zélateur de sa Bretagne natale, ne jurait que par elle. Il célébrait le crachin, les hautes déferlantes grises, le ciel bas couleur de plomb, les rochers découpés, le rythme de la marée, les robustes églises avec leurs pardons de granit. Bertrand opposait la grande bleue, le ciel d'azur, le cagnard qui cogne sur le crâne les jours de canicule, le mistral à qui rien ne résiste, l'odeur du thym, et le chant des cigales. C'était un jeu où ils rivalisaient dans une connivence amicale.

« Jean-Marie, disait Bertrand, nous profiterons d'une permission. Je t'accueillerai en Provence. Tu ne trouveras pas meilleur guide que moi.

— Toi, tu viendras en Bretagne et tu seras conquis. »

La joute se terminait devant un verre d'absinthe. Aujourd'hui, Bertrand buvait son absinthe seul. Elle n'avait pas le même goût.

Le docteur Larivière et Le Cornec s'étaient liés d'amitié pendant la première traversée. Quoique plus âgé, et d'un grade supérieur, le capitaine de frégate apprécia la compagnie du jeune médecin. Son enthousiasme communicatif le rafraîchissait. Il virait depuis quelque temps au pessimisme. Sa ferveur le réconforta.

Les toubibs occupaient une place à part dans la hiérarchie. Ils jouissaient de privilèges. Ils appartenaient à l'armée sans être de véritables soldats. Ils ne combattaient pas. Même sous l'uniforme, les disciples d'Esculape veillaient jalousement sur leur autonomie. Contrairement aux officiers d'active jugulés par la discipline, leur liberté les marginalisait.

Le docteur Larivière ne se comportait donc pas exactement comme un subordonné. Il attendit d'avoir cinquante-cinq ans et les galons de commandant pour songer à la retraite. La bastide familiale l'attendait au pied de la Sainte-Victoire. Il y mènerait la paisible existence d'un gentilhomme campagnard. Avec sa solde et les revenus du domaine, l'argent ne manquerait pas. Il cultiverait son jardin avec philosophie le reste de son âge. La sagesse de Lucien Larivière servirait d'exemple.

Trente années passées aux colonies l'avaient beaucoup changé. Il se sentait en forme. Les forces de délabrement étaient cependant à l'œuvre dans son organisme. Aucun remède n'arrêterait les dégâts. La sagesse commandait de préparer sans tarder ses bagages et de partir sans retour.

Le sort en décida autrement. Il allait vivre une aventure qui déjouerait ses prévisions.

Bertrand Larivière dissimulait un secret, un de ces secrets qui bouleversent durablement la vie d'un homme, qui le changent du jour au lendemain, brutalement, comme une mue inattendue. Il s'était follement épris d'une jolie fille de son âge. Elle l'aimait aussi d'un amour ardent. Ils se fixaient des rendez-vous dans la campagne aixoise, dans des endroits discrets, où ils savaient ne pas être dérangés. Il existait une connivence entre eux et la nature.

A seize ans, ils croyaient l'amour éternel. Personne n'avait jamais connu le sentiment qu'ils éprouvaient tellement il était intense. Il les plongeait dans un état extraordinaire, délicieux et terrible. Ils vivraient l'un pour l'autre et ne se quitteraient jamais. Elle se nommait Isabelle, un nom de reine. Comme dans les romans de chevalerie, il était son champion.

Ils se disputaient quelquefois pour des vétilles. A cet âge, on a le cœur susceptible. Ils se rabibochaient aussitôt et s'en aimaient davantage. Ils avaient tremblé de peur qu'un trésor ne leur échappe. Ils le retrouvaient intact. C'était chamailleries de tourtereaux, brève ondée qui n'entamait pas l'azur du ciel.

Un jour funeste, sans que rien ne le laissât présager, Isabelle s'était suicidée. On la retrouva pendue dans le grenier. Elle quittait ce monde sans un mot d'explication. Pas un signe. Rien. La mort incompréhensible. La mort injuste. La mort absurde.

A l'annonce du drame, Bertrand s'effondra. Sa douleur fut immense. Il partit chercher quelque réconfort dans le massif de la Sainte-Victoire. Seul. Il marcha sans but pendant des heures, sans ressentir la fatigue, porté par sa douleur. Il se reprocha de n'avoir pas su retenir Isabelle.

A-t-elle dit non à la vie ou à moi ? se demandait-il.

A presque soixante ans, il n'avait toujours pas trouvé la réponse à cette question.

Le docteur Larivière conservait fière allure. Grand, mince, bien découplé, la chevelure brune persillée de gris, il bénéficiait d'un regain de jeunesse. La fine moustache agrémentait sa physionomie d'un air mousquetaire. Il portait l'uniforme avec une élégance nonchalante. De nombreuses conquêtes féminines s'étaient succédé tout au long de sa vie. Il demeurait cependant célibataire. Le mariage ne l'intéressait pas. Il en fuyait les chaînes. L'idée de prendre épouse ne l'avait jamais effleuré.

« Tu ne sais pas ce que tu perds, assurait Le Cornec.

— Je ne tiens pas à le savoir.

— Le mariage me procure de grandes satisfactions.

— Je t'en félicite. Tu as dégoté une perle. Une perle, c'est rare. Je n'ai pas eu cette chance.

— Si tu n'y mets pas du tien, tu n'en trouveras jamais une.

— Je ne me plains pas. »

En fait, Bertrand avait peur. Il ne saurait jamais supporter la vie en couple. La perspective d'un échec le hantait. La dépression le gagnait. Partager le quotidien d'une femme était au-dessus de ses forces. Il aimait trop sa liberté pour en aliéner une partie, fût-ce par amour. La promiscuité, avec ses négligences, son lot de lâchetés, ses manies horripilantes, ne convenait pas à son caractère.

Dès qu'une idylle menaçait de durer, il rompait. Tant pis s'il n'avait pas le beau rôle, s'il se conduisait comme un mufle ou un salaud. Voilà pourquoi il préférait séduire les femmes mariées. Avec elles, il était à l'abri des folies possessives.

Un parfum d'aventure émanait des amours clandestines. Des femmes de fonctionnaires, d'officiers, de colons, des indigènes de diverses régions, tonkinoises, annamites, cambodgiennes, composaient un tableau de chasse envié de ses rivaux. Il avait eu aussi une négresse sculptée dans du bois d'ébène. Une déesse aux seins fermes, aux fesses dures, aux longues jambes souples, avec la toison rêche d'un animal sauvage.

Ces arguments couvraient son inavouable faiblesse. Les responsabilités ordinaires, constituant le lot commun, il s'avérait incapable de les assumer. Il dissimulait à ses propres yeux les causes réelles de son célibat. Une fois seul, dans sa chambre ou dans son bureau, le voile se déchirait. Du fond de sa conscience surgissaient les vraies raisons.

Son égoïsme, sa lâcheté, sa timidité, la peur inspirée par l'autre sexe l'accusaient. Rien à voir avec ses fugaces conquêtes juste bonnes à assouvir un désir prompt sur quoi on ne fondait rien. Surtout pas un couple. Il aurait pu le faire avec Isabelle si le drame n'avait détruit leurs espérances. Depuis, la crainte de décevoir et de faillir à ses propres yeux le retenait de s'engager.

Le docteur Larivière souffrait de cette situation, faute d'avoir le courage d'y remédier. Il enviait le bonheur de camarades guidés par un choix différent. Animé d'une absurde soif de vengeance, il séduisait sans vergogne leurs épouses. Il salissait leur bonheur, détruisait leurs couples. Ce signe de déchéance le mortifiait. Aucun principe moral ne l'animait. Il avait de gros appétits à satisfaire.

Beaucoup d'épouses étaient devenues ses maîtresses. Il les avait mises dans son lit sans difficulté. Même les fidèles, les sages, les puritaines cédaient à ses avances. Passé l'ardeur de la possession, subsistaient du dépit et du mépris. Aucune conquête ne remédiait à son état. Il s'enfonçait chaque fois plus profond dans son marasme affectif.

Au début, jeune coq insouciant, il se rengorgeait d'exercer un tel pouvoir de séduction.

« Aucune ne me résiste. Je fais d'elles ce que je veux. »

Il en tirait fierté. Il s'imaginait dans la peau de Don Juan, héritier de Casanova. Il découvrait pourtant le vide de la chair, la vision du néant succédant à l'étreinte, la révolte contre son incapacité à résister, l'amertume, le désespoir. L'amour épongeait un instant l'angoisse de la mort. Quelques grotesques secousses pour éjaculer son mal de vivre, et il se retournait sur le côté, paupières closes sur l'idéal jamais atteint.

Il cherchait là quelque obscure compensation. Peut-être la confirmation d'être un homme. Il réprimait l'envie de renvoyer sa partenaire, mû par une violence exercée d'abord sur lui-même. En possédant l'amante d'une nuit, il se dépossédait. Il se laissait subjuguer par la fausse virilité entretenue par des siècles de conventions. Ne s'abusant plus sur la portée des exploits amoureux, il en voyait la fatuité.

La valeur d'un homme se situait ailleurs que dans les chienneries d'accouplements. Le plus stupide, le plus ignorant, le plus indigne, le plus pauvre d'entre les pauvres, la brute la plus abjecte ne possédaient-ils pas un pénis dont ils se servaient à l'égal du plus beau, du plus intelligent, du plus génial de leurs semblables ? La grandeur de l'homme se fondait à un niveau supérieur, sans préjudice des compensations charnelles. La sagesse prescrivait de ramener chaque chose à sa juste place.

De nombreuses discussions opposaient Bertrand à quelques-uns de ses amis. Ils le considéraient d'un air narquois, refusant de le suivre dans cette direction. Atteints dans leur virilité, ils se protégeaient. Ses arguments les mettaient en cause. Ils se découvraient vulnérables dans ce qu'ils possédaient de plus essentiel.

« Tu envoies le bouchon un peu loin, objectait Le Cornec, qui passait pour bon pistolero.

— Tu pousses le paradoxe, constatait le commissaire Pierre Villani. C'est de la provocation.

— Ou tu te fiches de nous ou tu t'es trompé de vocation, ironisait Bergame. Tu aurais dû entrer dans les ordres et faire vœu de chasteté.

— Ne détourne pas mes paroles, se défendait Bertrand. Cette question te gêne. Tu t'en tires par une pirouette. »

A présent, il vieillissait. Les choses du sexe perdaient de leur importance. Elles ne le tourmentaient plus autant. L'âge apaisait ses sens. Son séjour en Indochine s'achevait. Dans quelques mois, il troquerait définitivement l'uniforme de médecin de la marine contre des vêtements civils. Il changerait de peau. Certains camarades soutenaient qu'à ce moment-là on avait le sentiment de se dépouiller de sa personnalité et de se présenter nu.

Il se souvenait d'une comparaison saisissante : « Tu deviens un comédien sans emploi, condamné à errer sur une scène immense sans avoir aucun rôle à tenir. Peu importe que les feux de la rampe s'éclairent ou s'éteignent. Les trois coups du brigadier frappés dans les coulisses, les applaudissements, les rires ne sont plus ton affaire. Les répliques apprises par cœur et qui te tenaient droit disparaissent de ta mémoire. Tes propres mots emplissent ta bouche d'une bouillie fade qui t'écœure. »

Sans doute ces propos étaient-ils excessifs. Le docteur Larivière s'avançait vers l'échéance avec sérénité.

3

Bertrand était né dans cette bastide familiale. Il y avait vécu sa jeunesse. Dès que pointaient les beaux jours, les Larivière s'installaient dans la maison des champs. Tout était prévu en fonction de la douceur de vivre et de l'agrément. Il allait au lycée à Aix. Il aimait la ville des fontaines, son climat, sa douceur provinciale. Un air aristocratique perpétuait des mœurs d'Ancien Régime.

L'existence s'écoulait avec une douceur surannée, entre de nobles façades couleur de miel, patinées de soleil. Elles provenaient des proches carrières de Rognes. De monumentales portes en bois sculpté ouvraient sur de nobles demeures, des hôtels particuliers témoins d'un passé prestigieux.

Les pierres étaient des blocs de mémoire. Les carriers les découpaient dans une roche tendre incrustée de fossiles. Le poids des siècles avait compressé les sédiments en une masse compacte. Il y avait des millions d'années, la mer arrivait jusqu'ici. Elle s'était retirée, laissant derrière elle ces traces de vie pétrifiées.

En retrouvant la bastide, Bertrand retrouvait son passé. Il réveillait des fantômes. Quand il passait d'une pièce à l'autre, des ombres le suivaient. Celles des êtres qu'il avait connus et aimés.

Les vivants, en monopolisant l'attention, cachaient les ombres dont la multitude peuplait la terre. « Tout est plein d'ombres », affirmait le poète. Bertrand adhérait à sa vision. Il entretenait des relations avec l'invisible. La campagne aixoise confirmait ses sensations. Le panthéisme survivait dans les arbres, les ruisseaux, les rochers, la montagne. Partout la présence de divinités tutélaires se manifestait. Il comprenait pourquoi Grecs et Romains avaient multiplié les dieux des quatre éléments.

Son séjour aux colonies l'avait coupé de cette réalité. Il se la réappropriait. Il se demandait rétrospectivement : Ai-je fait le bon choix ? N'aurais-je pas mieux gouverné ma vie en restant au pays ?

En optant pour la carrière militaire, il était entré dans la peau d'un personnage. Il avait tenu le rôle sans lassitude pendant plus de trente ans. Il accomplissait son devoir sans se poser de questions. Les questions refoulées germaient tôt ou tard dans l'esprit. Un jour venait où on jugeait son passé.

Auparavant, les paradis artificiels aidaient Bertrand à chasser ces guêpes importunes. Il fréquentait des fumeries d'opium tenues par des Chinois cérémonieux. Il n'avait pas succombé à l'accoutumance. Contrairement à Jean-Marie Le Cornec, qui se détruisait lentement, allongé sur un bat-flanc pendant des heures à tirer sur sa pipe dans une extase morbide.

« Réagis pendant qu'il est temps, l'exhortait Bertrand. Tu vas devenir une de ces loques rongées par la drogue !

— C'est déjà trop tard.

— Fais une cure de désintoxication.

— Non, ça ne marchera pas. Je suis trop dépendant, rétorquait Jean-Marie avec une lucidité désenchantée.

— Tu es en train de te détruire.

— Je sais. »

Bertrand Larivière assistait impuissant à la déchéance de son ami. Il était médecin. Il connaissait l'issue. Lui avait eu la chance de ne pas tomber sous l'empire de l'opium. Il fumait peu. De longs intervalles de temps s'écoulaient entre deux visites à la fumerie. Contre l'usage de la drogue s'élevait un rempart : le refus de perdre le contrôle de soi. Passé un certain seuil, la volonté de ne pas succomber devenait illusoire. Quand la dépendance se déclarait, le patient souffrait d'un manque intolérable. L'addiction équivalait à une condamnation à mort.

Le Cornec avait franchi la frontière au-delà de laquelle il s'avérait impossible de le sauver. Il refusait de se soigner. Il laissait faire la nature. Le docteur Larivière essayait en vain de lui venir en aide. C'était son devoir de médecin et d'ami. Il disposait malheureusement de peu de moyens. La science accomplissait des progrès insuffisants dans ce domaine que les chercheurs ne prenaient pas encore en considération.

Il eût fallu éloigner Le Cornec des fumeries, le rapatrier en France, l'isoler dans un hôpital sous la vigilance de gardiens intraitables, le laisser en proie à d'atroces douleurs dans l'espoir de vaincre l'accoutumance. Une cure de désintoxication nécessiterait des mois de traitement. Le Cornec, refusant de les subir, déclinait toutes les propositions.

Les autorités militaires n'intervenaient pas. L'officier ne s'était rendu coupable d'aucune faute ni de négligence caractérisée. L'amirauté avait ses agents de renseignements. Elle n'ignorait pas le caractère préoccupant de la situation. Mais cela relevait de la vie privée. Le cas n'était pas différent des marins trop portés sur la bouteille qui regagnaient le bord en titubant les soirs de permission trop arrosée. Tant que Le Cornec exerçait son commandement à satisfaction, il n'encourait aucun reproche de sa hiérarchie.

La Sainte-Victoire fendait de son étrave des vagues de chênes et de pins. Elle soulevait les vignes et les oliviers dans une écume de lumière dorée. Elle invitait au voyage immobile. La silhouette d'un navire de haut bord appareillait vers des destinations inconnues, des escales secrètes. Ce vaisseau fantôme ne voguait pas dans l'espace mais à travers le temps.

Cette impression bizarre ne correspondait pas à la réalité perçue par d'autres. Elle traduisait la vision d'un marin condamné à la sédentarité, ne se souvenant pas de ce qui avait embelli sa vie.

Le ministère de la Marine avait finalement muté Le Cornec à Brest. Ce mouvement préludait à une mise à la retraite anticipée. L'éloignement de l'Indochine ne permit pas de restaurer sa santé. Il ne cessa pas de fumer. Il s'était procuré les adresses de fumeries clandestines. Des navigateurs, des bourgeois en rupture de ban et des artistes quêtant l'inspiration dans l'opium les fréquentaient.

Le départ de son ami marqua Bertrand Larivière. Ils avaient partagé beaucoup de choses, dont l'amour de l'Indochine. Le pays les avait conquis. Ils ne concevaient pas de vivre ailleurs. Ils projetaient même de s'y installer définitivement et d'y mourir. Ils aimaient les paysages, les gens, leur culture, leurs mœurs.

Le sort en décida autrement. Le Cornec rendit son âme à Neptune deux ans après son arrivée à Brest. Au moment de l'embarquement, Larivière avait dit :

« Arrange-toi pour te faire muter à Toulon. C'est près de chez moi. Nous nous retrouverons plus facilement.

— Brest n'est pas mal non plus. C'est à toi de venir. »

Le pauvre Jean-Marie n'avait pas eu le temps de le recevoir. Ils ne se reverraient jamais. La dernière image était les adieux sur le quai. Bertrand s'était juré d'aller se recueillir sur sa tombe. Maintenant qu'il était en France, il pouvait honorer son serment.

Il remit ce projet à plus tard à cause des nombreuses affaires à régler. Il ne s'attendait pas à ce qu'il y en eût autant. Il avait remis à son homme de confiance, Baptiste Brigoule, la gestion du domaine de Sauveterre. Ce solide paysan connaissait bien la terre et les cultures.

En acceptant de travailler pour Larivière, il avait promis, main sur le cœur : « Je m'occuperai du domaine comme si c'était le mien. » Il avait tenu ses promesses au pied de la lettre.

Au début, tout allait bien. Il envoyait des comptes rendus détaillés et de l'argent. Puis il en était venu à considérer la propriété de Sauveterre comme la sienne. Il agissait en conséquence. Des petites malversations il était passé aux grandes. Il s'était compromis dans des opérations douteuses dont il avait tiré bénéfice. Il s'arrangeait pour ne pas éveiller la méfiance du patron. L'éloignement favorisait ses ambitions. Aussi avait-il vu d'un très mauvais œil le retour de Bertrand.

Il répondit avec réticence aux questions posées par celui-ci. Il embrouillait les choses. Les documents s'avéraient incomplets, contestables, voire falsifiés. Les comptes trahissaient une telle confusion que Bertrand sollicita l'aide d'un expert comptable. Baptiste interpréta l'initiative comme un affront.

Plusieurs altercations opposèrent les deux hommes. Baptiste Brigoule révéla sa duplicité et l'étendue de sa mauvaise foi. Bertrand Larivière décida de se passer de ses services. Il manœuvra en douceur. L'intéressé ne l'entendit pas de cette oreille. Il se rebiffa, menaça, prétendit détenir des documents compromettants. Il n'hésiterait pas à s'en servir.

Bertrand aurait pu rompre leur contrat brutalement. Il préféra la diplomatie.

— Voyons, depuis combien de temps êtes-vous à mon service, Baptiste ?

Baptiste lança un regard noir. Bertrand le savait. Pourquoi posait-il la question ? Il répondit d'un ton bourru et de mauvaise grâce. Il n'appréciait pas d'être traité en domestique.

Bertrand était assis à son bureau, lui debout, n'ayant pas été invité à s'asseoir. Cette position l'humiliait. Bertrand avait voulu établir ses distances. Cette fripouille ne méritait pas de considération. Baptiste Brigoule répondit :

— Après la mort de vos parents, vous m'avez confié le domaine. Cela remonte à vingt-cinq ans. Je n'ai pas la date exacte en mémoire.

— Je suis à peu près satisfait de votre travail, dit Bertrand.

Le « à peu près » resta en travers de la gorge de Brigoule. Il sentit monter la colère.

— J'ai fait mon possible.

— Certainement. La propriété est bien tenue.

— Que me reprochez-vous ?

— Rien. Ou plutôt peu de chose. Je passerai l'éponge.

Brigoule serra les poings.

— Vous m'accusez ?

— Laissons cela. Mon retour définitif change la donne. Nous n'entretiendrons plus les mêmes relations. Je m'occuperai personnellement du domaine.

— Qu'est-ce que cela signifie ?

— Que je me passerai de vos services.

— Je ne m'attendais pas à tant d'ingratitude !

— Ne me poussez pas dans mes retranchements, Baptiste. Mieux vaut se quitter à l'amiable.

— Vous en parlez à votre aise ! Que vais-je devenir, moi ? J'ai beaucoup investi à votre profit...

— Que dites-vous ? l'interrompit Bertrand avec agacement. N'avez-vous pas aussi ménagé le vôtre ?

Si l'entretien se poursuivait de la sorte, il perdrait son sang-froid.

— Dans votre intérêt, conclut-il, partez sans demander votre reste.

Baptiste Brigoule esquissa un mouvement de recul.

— C'est ce que nous verrons, lança-t-il.

— C'est tout vu, rétorqua Bertrand.

— Ouais !

— Des menaces ! Si vous persistez dans votre attitude, je mets le nez d'un avocat dans nos affaires. J'irai jusqu'au bout. Je ne vous lâcherai pas. Vous avez plus à perdre qu'à gagner.

— En voilà de la reconnaissance ! ironisa Brigoule au moment de franchir la porte.

4

— La petite s'habitue-t-elle à son nouveau pays ? demanda Jules Garriguié.

Il parlait de Lan, la fille adoptive de Bertrand, ramenée d'Indochine. Il ne savait jamais s'il devait dire Lan, son prénom indochinois, ou Bénédicte, son prénom français.

Jules connaissait son histoire.

— A merveille, répondit Bertrand. C'est, du moins, l'impression qu'elle donne. Elle ne se plaint pas, ne manifeste ni chagrin, ni tristesse, ni nostalgie du pays natal. Elle joue comme tous les enfants de son âge. Avec insouciance.

— C'est une chance, observa Garriguié. Vous n'êtes là que depuis un an.

— Je fais mon possible pour la rendre heureuse. C'est une miraculée. On ne trahit pas un miracle.

— Lan a subi un traumatisme psychologique. Cela ne se manifeste pas pour l'instant. Mais, plus tard...

— Tu es trop pessimiste. Elle était très jeune en arrivant ici. A peine six ans. A cet âge, on oublie vite. Le cerveau est encore très malléable.

— C'est toi le médecin, dit Jules.

Un peu de réticence perçait dans sa voix.

— La médecine n'a rien à voir, répondit Bertrand. Il suffit d'observer son comportement. La petite ne donne pas lieu à inquiétude. Je m'en apercevrais. Elle est gaie, vive, en bonne santé. Tout le monde lui prodigue affection et tendresse.

Leurs verres étaient vides. Bertrand resservit du vin de Porto. Il le recevait directement d'un ami portugais tenant négoce de ce nectar. Il avait connu Fernando Souza à l'occasion d'un de ses séjours à Marseille. Il y venait régulièrement pour ses affaires. Il avait de la famille dans la cité phocéenne. Les deux hommes avaient sympathisé. La sympathie s'était muée en amitié. Depuis, ils conservaient des relations.

Jules et Bertrand prenaient le soleil sur la terrasse où l'on recevait les amis les jours de beau temps. Les verres et la bouteille étaient posés sur une table en fer peinte en blanc. Dans le cendrier, vantant une marque d'apéritif, s'accumulaient des mégots. Jules Garriguié était gros fumeur. Il grillait deux paquets de cigarettes par jour. Une mauvaise habitude contractée dans les tranchées, pendant la Grande Guerre.

— Lan a vécu assez longtemps au Tonkin pour en être imprégnée même si elle n'en a pas conscience, dit-il. Elle devait avoir quatre ans quand tu l'as recueillie. En fait, tu n'en sais rien. Aucun document n'a confirmé ton appréciation. Tu l'as gardée chez toi jusqu'à ton retour en France. Cela lui fait six ou sept ans.

Bertrand réprima un geste de nervosité. De quoi Jules se mêlait-il ? Où voulait-il en venir ? Il dépassait les bornes.

— Tu vas chercher trop loin ! lança-t-il.

Garriguié enfonça le clou.

— Que ça te plaise ou non, elle a été dépossédée d'une partie d'elle-même.

— Pour son bien. Je n'avais pas d'autre choix, se défendit Bertrand.

— Je te l'accorde, tu as été très généreux. Elle te doit beaucoup, à commencer par la vie. Je ne te reproche nullement ta conduite. Elle est admirable.

Bertrand accepta le compliment sans broncher. Son ami le laissait perplexe. Il haussa le sourcil.

— Que veux-tu, alors ?

— Que tu prennes conscience de certaines choses.

— Lesquelles ?

— Je viens d'en parler. Tu ne m'as pas écouté.

— Tu te trompes, objecta Bertrand.

— Admettons. Les souvenirs engrangés par Lan – ou Bénédicte, si tu préfères – ne sont pas morts. Ils vivent dans son inconscient. Ils travaillent en elle comme le levain travaille la pâte. Un jour, ils se réveilleront. Ils remonteront à sa conscience. Elle devra se confronter à eux. Nous ne savons pas comment elle réagira. Peut-être cela ne soulèvera-t-il aucun problème. Mais une réaction violente est toujours à craindre. Sois vigilant. Des difficultés surviendront à l'adolescence.

— Le pire n'est pas certain, hasarda Bertrand.

— Mieux vaut prévenir que guérir, rétorqua Jules sur le même ton. Tu dois savoir ça, hein, toubib ?

Ces propos troublaient le docteur Larivière plus qu'il ne le manifestait. Il en admettait le bien-fondé. Les choses se dérouleraient probablement comme Jules l'envisageait.

— Tu cherches à me prémunir contre d'éventuelles désillusions.

— Je pense aussi à l'avenir de la petite.

— Je ne connais rien à l'éducation des enfants, admit Bertrand. Un célibataire n'est pas compétent pour s'en occuper. Je ne saurais résoudre une telle crise.

— Avec de la diplomatie, de la bonne volonté et de la tolérance, tu t'en sortiras.

Bertrand lui décocha un regard ironique.

— Tu ne manques pas d'aplomb ! fit-il. N'es-tu pas célibataire et sans progéniture ? Tu n'en sais pas plus que moi.

— Si.

— Par quel mystère ? La science infuse ?

— Moi, j'ai réfléchi. J'ai acquis une expérience indirecte. Le bon sens inspire mes paroles.

— Que proposes-tu ?

— De ne pas la couper de ses racines.

— Je suis attaché à l'Indochine. De plus, sa nounou est métisse.

— Conserver son identité sans compromettre son intégration. Parle-lui de ses origines, de son histoire. Raconte des choses que tu as vécues là-bas.

— C'est encore une petite fille, observa Bertrand. Elle n'a pas assez de maturité pour comprendre. Cela risque de la perturber.

— Elle grandira plus vite que tu ne penses. Commence dès maintenant. Elle t'en saura gré plus tard. Elle ne t'en sera que plus attachée et reconnaissante.

Bertrand écouta les conseils de Jules Garriguié, son aîné de dix ans. Il admirait son ouverture d'esprit et sa grande sagesse. Jules aurait pu faire une brillante carrière avec son intelligence et sa culture. La réussite ne l'intéressait pas. Il préférait le confort de l'anonymat. Son héritage suffisait à son bonheur. Il appliquait avec philosophie la recommandation de Voltaire : il cultivait son jardin.

Sa fortune le mettait à l'abri du besoin. Il vivait de ses rentes. De besoins, d'ailleurs, il n'en avait guère. Il répugnait aux dépenses superflues. La lecture constituait sa principale distraction avec les promenades à travers la campagne aixoise.

L'idée de travailler n'avait jamais effleuré cet homme. Pourquoi se fatiguer ? Pour gagner de l'argent ? Il en avait assez. Pour voir du monde ? Les gens venaient à lui. Il méprisait l'accessoire, le superflu, et se réservait pour l'essentiel.

Ce qu'on glorifiait sous le nom de civilisation créait de toutes pièces des biens sans nécessité. Nos prédécesseurs les ignoraient. Ils s'en étaient passés sans dommage. Ils n'étaient pas morts de leur privation.

Ces considérations servaient de base à la philosophie pratique de Jules. Passer pour anachronique ne l'affectait pas.

La saison des pluies venait de commencer et les éléments se déchaînaient. Depuis plusieurs jours, des trombes d'eau s'abattaient. Le même tissu gris unissait le ciel et la terre. Le regard peinait à se situer dans cet environnement brouillé. Des traînées liquides hachuraient l'horizon.

Les rivières en crue charriaient des tonnes de boue, des arbres déracinés, des dépouilles d'animaux. Leurs eaux débordaient sur les champs, inondaient les rizières, noyaient les villages. Aucun obstacle ne s'opposait à leur montée. Subir ces assauts destructeurs, se résigner, attendre que ça passe. C'était ainsi depuis des siècles et ça ne changerait pas de sitôt.

Chaque année, le docteur Larivière guettait les nuages annonciateurs du déluge. Ce climat l'incommodait. Né dans un pays sec et venteux, ces pluies interminables l'épuisaient et le plongeaient dans la dépression.

Dans ses moments de mélancolie, il songeait à sa Provence natale, aux collines plantées d'oliviers, au charme des berges de l'Arc. L'essence des pins parfumant la nature absorbait d'autres parfums moins tenaces. En fermant les yeux, il éveillait une symphonie d'odeurs, le thym, le romarin, la lavande, et celle du basilic qui régnait sur les marchés paysans.

Ici, du sol détrempé émanaient des effluves nauséabonds. L'humidité collait les vêtements à la peau. Les indigènes accueillaient au contraire la saison des pluies comme un bienfait du ciel.

Pour le docteur Larivière, elle favorisait les maladies contagieuses, les fièvres, les gastro-entérites. Elles affectaient surtout les Européens. La charge de travail augmentait. Ses journées, toujours trop courtes, se partageaient entre l'infirmerie du bord et le dispensaire situé à l'autre bout de la ville.

Le soir, au mess des officiers, il buvait sec. L'alcool le désinfectait et restaurait ses forces. Certains, de complexion plus robuste, réagissaient mieux. Il enviait leur solidité. En qualité de médecin, il aurait dû donner l'exemple.

Son ami Louis Bergame, représentant du gouverneur général, lui conseillait de partir.

— Tu ne supportes pas le climat. Demande ta mutation. Avec tes états de service, tu l'obtiendras.

— Je ne quitterai pas mon poste pour des motifs personnels. Je respecterai mes obligations de médecin et de soldat.

— Ta santé est en jeu.

— Je n'ai pas embrassé cette carrière pour le confort et les privilèges, mais pour être utile. J'ai fait ma vie ici. Malgré les inconvénients, j'aime ce pays.

— Tu as appris à l'aimer. Nous en sommes tous là. Quant à savoir si tu l'as apprivoisé ou si c'est lui qui l'a fait...

Ce genre de débat n'avait plus d'importance. Il se préparait à quitter l'Indochine. L'échéance était de deux ou trois ans. Il s'accrocherait jusqu'à l'annonce officielle de sa mise à la retraite. La limite serait bientôt atteinte. Au-delà commençait une autre aventure.

Deux ans s'étaient écoulés. Il avait atteint cette fameuse limite où la vie basculait dans un autre espace. Les premiers mois, il tournait en rond, désœuvré. Il s'intéressait à Lan après que la nounou s'en fut occupée. Celle-ci assumait les principales charges. Bertrand intervenait pour le plaisir. Cela ne prenait guère de temps. Chaque fois, Lan manifestait sa joie.

Elle s'asseyait sur les genoux de Bertrand, tirait sa moustache et le chatouillait en éclatant de rire lorsqu'il fronçait les sourcils et faisait la grosse voix. Il n'était pas vraiment en colère. Elle en profitait.

A six ans, Lan était une fillette bien développée, à l'esprit éveillé. Sa joie éclairait la maison. Grâce à elle, Bertrand savait pourquoi il vivait. Il avait un but : bien l'éduquer. Il en ferait une jeune fille instruite, armée pour affronter l'existence. Il mettrait toutes les chances de son côté. Il n'avait qu'elle.

Les choses ne s'étaient cependant pas déroulées selon ses vœux. Il n'avait pas prévu la méchanceté des gens, la cruauté des enfants. Il ne s'attendait pas à ce que la différence d'origine soulevât de tels obstacles, au point de l'amener à retirer l'enfant de l'école. Ses camarades se moquaient de Lan. Elles l'appelaient avec mépris « la Chinoise ». Les brimades, les injures raciales se multipliaient. Elle rentrait de l'école en larmes. Elle recevait des coups de la part des garçons. Les filles la griffaient et tiraient ses cheveux. La situation ne pouvait pas durer.

La directrice avait reçu Bertrand avec courtoisie. Elle regrettait la conduite de ses élèves. Elle avait promis d'exercer une surveillance plus étroite, de distribuer des punitions exemplaires.

« On ne peut mettre un pion derrière chaque enfant, avait-elle soupiré. Cet âge est sans pitié. »

5

Suivant les recommandations de Jules Garriguié, Bertrand Larivière accrocha au mur de son bureau une carte de l'Indochine. Celle qu'utilisaient les professeurs de géographie. Cela contrastait avec le panorama inscrit dans la fenêtre, les roches blanches, le ciel bleu.

Il resta plusieurs minutes à rêvasser devant la carte.

Des points rouges et noirs indiquaient l'emplacement des villes et des bourgades. Certains évoquaient des rues, des places, des monuments, des commerces. Ils éveillaient des visages connus. Le pouvoir d'un point sur une carte tenait de la magie.

Les lignes bleues épousaient le cours des rivières et des fleuves. L'ensemble ressemblait au réseau des capillaires d'une planche d'anatomie. Le tracé noir des routes et celui, hachuré, des lignes de chemin de fer offraient un voyage immobile.

Des pointillés signalaient le contour des frontières. Bertrand les franchissait d'un simple mouvement de l'œil. Il passait de la Cochinchine à l'Annam, au Cambodge, à la Chine dont l'énorme masse se rassemblait au nord, comme un poing fermé. Elle était compacte et dure, contrairement à la colonie dont la péninsule se déliait le long de la côte, depuis le golfe du Tonkin jusqu'à celui du Siam.

Bertrand ne s'arrêtait pas aux taches de couleur traduisant la configuration des reliefs et la nature des sols. Son imagination filait à des milliers de kilomètres, au-delà des mers, là où se déployaient ses paysages favoris, la baie d'Along, le Grand Hôtel de Saigon, les rives du fleuve Jaune, théâtre de ses exploits, la jungle, les rizières...

Les paysans courbés sur des champs inondés, coiffés de grands chapeaux de paille coniques, repiquaient le riz. Les portefaix avec leur bandeau de cuir serré autour du crâne. Les belles femmes aux longs cheveux de jais, fluettes, bien proportionnées.

Là-bas, la terre ne respirait pas de la même manière qu'ici. Ce n'étaient pas les mêmes fleurs, les mêmes fruits, les mêmes épices. Il appartenait à deux terres séparées par l'étendue des mers. Deux eaux coulaient dans ses veines sans se mélanger : celle du Rhône et celle du fleuve Jaune.

Le remède le plus efficace pour guérir le mal du pays était quelqu'un à qui parler et capable d'écouter. Il manda la nounou.

Quand, une heure plus tard, la nounou ramena Lan de l'école, Bertrand la conduisit devant la carte.

— Regarde, dit-il en désignant ces formes étranges ne ressemblant à rien.

La petite écarquilla les yeux d'un air étonné. Elle ne comprenait pas. Cela ne signifiait rien pour elle.

— Qu'est-ce que c'est ? demanda-t-elle, intriguée.

— Ton pays, répondit-il laconiquement.

Elle eut un moment de flottement.

— Mon pays, c'est ici, affirma-t-elle.

— Non, c'est celui où tu habites maintenant.

Il désigna du doigt un endroit sur la carte.

— Là, c'est celui où tu es née.

— Ah ! fit-elle, peu convaincue.

— Tu ne t'en souviens pas ?

— Non.

— Réfléchis. Fais un effort. Tu n'as pas d'images dans ta tête ?

Elle fit un signe négatif. Il la prit tendrement par l'épaule. Il entreprenait un travail de longue haleine, qui nécessiterait patience et subtilité.

— Je t'en parlerai, dit-il. Nous le découvrirons ensemble. Tu verras, c'est un très beau pays.

— Comme celui-ci ?

Sa réaction de jeune Provençale l'amusa.

— Oui, confirma-t-il. Mais ils ne se ressemblent pas.

Bertrand regarda par le hublot le fleuve Jaune transformé en torrent. Il enfila son caban, vissa sa casquette sur son crâne. Sur le pont, il jouirait mieux du spectacle. Trois matelots, accoudés au bastingage, regardaient aussi, leur pipe menacée d'extinction à la bouche. Ils s'entêtaient à tirer du tabac humide un âcre filet de fumée.

— Regardez, là-bas ! s'écria soudain un matelot en faisant un geste en direction de l'amont.

— C'est une femme, précisa le second avec émotion. Elle va se noyer.

— Elle tient quelque chose dans ses bras... un enfant, peut-être, fit le troisième. La pauvre n'en a pas pour longtemps. Voyez ses gestes désordonnés ! Elle est à bout de forces.

Le docteur Larivière aperçut la forme ballottée par les vagues. Elle serrait un paquet contre sa poitrine. Cela ressemblait, en effet, à un enfant. Elle était encore loin du bateau. Mais, avec la vitesse du courant, elle passerait rapidement devant. Il fallait agir vite, sinon le flot l'engloutirait avec le gosse.

— Passez-moi une bouée ! ordonna-t-il. Arrimez-la solidement. Nous allons les sauver.

Les marins s'exécutèrent promptement. Il retira son caban, sa vareuse, ses chaussures. Il mit la bouée autour de sa taille.

La femme n'était plus qu'à une centaine de mètres. Il avait juste le temps de l'intercepter. Il glissa le long de l'échelle et nagea vigoureusement en direction de la malheureuse. Ses cris de détresse déchiraient l'air.

Elle l'avait vu. Elle essayait désespérément de contrôler sa trajectoire afin de se rapprocher.

Quand elle parvint au niveau de Bertrand Larivière, elle mobilisa ses ultimes forces et tendit l'enfant. Il s'en saisit promptement et le maintint contre lui. La femme lâcha prise aussitôt. Elle cessa de lutter. Le courant l'entraîna. Sa silhouette oscilla au gré des remous, coula, reparut, coula de nouveau. Puis elle disparut.

Les marins ramenèrent la bouée. Larivère remonta sur le pont, l'enfant sain et sauf dans les bras. Un matelot amena des couvertures sèches dont il les enveloppa.

Il s'agissait d'une petite fille âgée de trois ou quatre ans. A l'infirmerie, il l'examina, lui administra les premiers soins. N'ayant réussi le sauvetage qu'à moitié, il éprouvait une réelle déception. La mère – du moins supposait-il qu'elle l'était – avait sombré. L'enfant se retrouvait orpheline, sans appui. Quel sort l'attendait à présent ? La mort reprendrait-elle d'une main ce qu'elle venait de lâcher ?

Seule une mère pouvait avoir assez d'abnégation pour se sacrifier en faveur du fruit de sa chair. Le courant emporterait le corps de l'infortunée à la mer. On ne découvrirait jamais son identité.

Le docteur Larivière était le sauveur d'une enfant enveloppée de mystère. La question le tourmenta. Passé le feu de l'action, elle le plongeait dans une grande perplexité. Il ne supporterait pas le poids de l'inconnu.

Il s'assura en priorité que la fillette vivrait. Elle avait séjourné dans une eau malsaine, pourrie de germes. Elle avait souffert du froid, de la peur, de la faim. L'examen révéla un grand état de faiblesse. Il sentit le fardeau de ses responsabilités. Il s'organisa pour soigner l'enfant et veiller sur elle.

Ignorant son âge et ses origines, il la pesa, la mesura. Il compara les données européennes aux données asiatiques. Elle avait trois ans ou quatre ans. Elle bredouillait dans une langue inconnue des phrases incompréhensibles même pour le personnel indochinois. Son boy et un sergent tonkinois essayèrent en vain de les traduire.

Deux hypothèses s'imposaient. Soit il s'agissait du dialecte d'une tribu montagnarde, soit l'enfant, profondément choquée, ne s'exprimait pas correctement. Dans le premier cas, le recours à un spécialiste permettrait d'identifier la peuplade et de restituer la petite à sa famille. Dans le second, un traitement psychologique aurait raison du blocage. De toute façon, une enquête serait diligentée pour obtenir des informations fiables.

Le docteur Larivière se rendit au commissariat. Il déclara l'existence de la fillette et expliqua son sauvetage. En ville, la rumeur colportait déjà l'exploit du toubib. On le dénigrait auparavant, on le considéra comme un héros. Cette publicité l'exposait sous les projecteurs de l'opinion. Il eût préféré l'anonymat.

Il garda la fillette et s'en occupa le temps nécessaire – jusqu'à ce qu'on retrouve ses parents. Elle resterait quelques jours en observation à l'infirmerie, puis il la logerait chez lui. Il embaucherait une nurse. Veiller sur une enfant outrepassait les compétences d'un vieil officier de marine célibataire, fût-il médecin.

Il pensait assumer ces responsabilités peu de temps. Le commissaire Pierre Villani le détrompa.

— L'affaire se présente mal. Nous ne disposons d'aucun indice. La petite ne présente pas de signes distinctifs, pas même une cicatrice. Elle ne portait pas de bijou. Nous sommes à peu près sûr d'une chose : elle vient du nord. L'hypothèse n'est cependant pas confirmée. L'enfant et la femme ont pu tomber à l'eau au cours d'un voyage.

Une moue dubitative assombrit le docteur Larivière.

— Pour la femme, rien de nouveau ? demanda-t-il.

— Personne n'a déclaré sa disparition. Elle ne figure pas sur les registres. Le fleuve n'a pas rendu de cadavre correspondant à son signalement. Votre rapport manquait de précisions.

— La femme était mal en point. Je n'ai pas eu le loisir de l'observer. Ces Indochinoises se ressemblent toutes.

— Possible que le flot ait emporté le cadavre jusqu'à la mer. Elle le rejettera dans quelques jours. Ou jamais. Il est déjà en putréfaction, à moitié bouffé par les poissons. Difficile de l'identifier.

— J'imagine ! C'est un travail de légiste.

— Nous sommes surchargés de besogne. Nos effectifs sont très insuffisants. Nous arrêtons les investigations. Nous concentrons nos efforts sur d'autres affaires.

— Vous ne me laissez guère d'espoir, constata le docteur Larivière.

— Désolé, fit le commissaire. L'enquête continuera quelque temps pour vous être agréable. Je vous tiens au courant. Dans ce fichu pays, tout peut arriver. Pourquoi pas un miracle ?

— Il y en a déjà eu un.

— Oui. La petite revient de loin.

La fillette était hors de danger. Elle dormait bien, mangeait avec appétit. Elle recouvrait ses forces et ne pleurait plus. Elle souriait au grand gaillard à fine moustache qui se penchait sur elle avec des gestes de nounou.

Des marins rendirent visite à la miraculée. Son histoire ressemblait à un conte merveilleux. Elle devint la mascotte du navire. Cette enfant sauvée des eaux était le fruit du destin.

Le docteur Larivière, malgré son scepticisme, n'était pas insensible à ce climat. Il avait une mission à remplir. Célibataire endurci, refusant d'engendrer, voilà qu'il héritait d'une enfant toute faite. Un don du ciel. Il n'avait eu qu'à l'arracher au tourment des flots. La sauver de la noyade équivalait à lui avoir donné la vie. Maintenant, la petite fille lui appartenait autant que si elle eût été de son sang.

Un soir, en fumant la pipe en compagnie de Jules Garriguié, il avait raconté cette histoire. Des milliards d'étoiles criblaient la nuit. Les mots que prononçait sa bouche semblaient venir d'ailleurs. Quelqu'un les lui dictait.

Quand il cessa de parler, Garriguié respecta son silence. Ils contemplèrent le ciel nocturne déployé au-dessus de la masse plus sombre de la Sainte-Victoire.

Les constellations brillant au-dessus de leur tête émettaient d'incompréhensibles messages. Chacun naissait sous une bonne ou une mauvaise étoile.

Bertrand était sûr que, dans cette profusion, scintillait celle de Lan.

6

Baptiste Brigoule était un sale type. Intéressé, avide, sans scrupules, de mauvaise foi. Il avait la haine tenace. Mieux valait l'avoir pour allié que pour ennemi. Son esprit diabolique était capable de tout. Son caractère s'était déclaré dès l'enfance. Ses camarades se souvenaient de ses méfaits.

Avec le recul du temps, cela fournissait de bonnes anecdotes. Mais, en allant au fond des choses, ce n'était pas drôle. Aussi ses amis se comptaient-ils sur les doigts d'une main. On ne recherchait pas sa compagnie. Il feignait de n'être pas affecté. C'était faux. Tous les monstres voudraient être aimés.

Il gardait sur le cœur la manière offensante dont Bertrand Larivière l'avait licencié. Sa rancœur s'en trouvait décuplée. Non seulement cela l'avait mortifié, mais il pestait d'avoir été percé à jour. La clémence même était insupportable.

En quittant Sauveterre, il perdait ses revenus. Car à sa rétribution légale s'ajoutaient des profits illicites. Le drôle avait mis en place un système permettant de faire fructifier son magot. Il en avait bénéficié jusqu'au retour du propriétaire.

Il se croyait assez malin pour n'être pas pris. Le contraire s'était produit. Il enrageait d'avoir été confondu. Il s'en voulait. Il affûtait ses armes en vue des combats à venir.

Bertrand Larivière n'en avait pas fini avec lui. Il croyait l'avoir éliminé parce que, après leur altercation, il était parti sans esclandre. Il n'en était rien. Il ne savait pas à qui il avait affaire. Il l'apprendrait bientôt à ses dépens.

S'il avait été honnête, Baptiste aurait dû éprouver de la reconnaissance envers son ancien patron. Il avait volé de l'argent, opéré des falsifications et des détournements. Ces ponctions duraient depuis que le docteur lui avait confié la charge de Sauveterre et les clés de la bastide. Elles représentaient une somme importante.

Malgré ses précautions, il existait des traces. Des documents prouvaient sa culpabilité. De quoi obtenir sa condamnation.

Contre toute attente, Bertrand Larivière n'avait pas saisi l'occasion de le traîner en justice. Il s'était montré généreux. Considérant les services rendus, il ne voulait pas inaugurer sa nouvelle vie par un procès qui eût discrédité les deux parties. On ne sort pas indemne des mains des juges. Leur verdict empoisonne la vie pendant des années.

Le docteur Larivière passa l'éponge. Il espérait de la reconnaissance. Il se heurtait à un ingrat. La générosité constituait une faiblesse. Baptiste était une âme noire, un esprit tortueux.

Pour lui, la bonté était méprisable. Le bien se changeait en mal. Les bons sentiments ne l'impressionnaient pas. Son incapacité à reconnaître ses fautes attisait l'instinct de nuire. Il ne supportait pas les vertueux. Pire : il s'en méfiait. Son animosité croissait à proportion de leur gentillesse. Il souhaitait les voir aux prises avec de graves difficultés. Santé, finances, amour, peu importait. Quel plaisir d'assister au naufrage des belles âmes et d'aider à leur défaite !

Baptiste Brigoule habitait près de Saint-Antonin une maison paysanne entourée de lopins de terre hérités de ses parents. Elle avait été construite sur le versant sud de la montagne magique. Il y vivait seul.

Fallait-il croire cet endroit maléfique ? Baptiste était mauvais de nature. Le vice était dans ses gènes. Aucune bonne fée ne s'était penchée sur son berceau, rien que des méchantes, de grimaçantes sorcières au cœur gonflé de fiel.

Baptiste incarnait l'ombre de la Sainte-Victoire. Cette montagne admirable, radieuse de beauté, semblait taillée dans la lumière. Elle avait aussi sa part obscure. N'avait-elle pas été arrosée de sang impie au cours de l'histoire ? Elle avait deux visages. On ne soupçonnait pas sa part secrète. Elle existait, enfouie au plus profond de la roche. Baptiste en témoignait. Il se nourrissait de sa force. Il en était devenu le héros, le chevalier à l'armure noire sorti des cauchemars de la nuit.

Le regard de Louis Bergame se déplaçait de Bertrand à l'enfant, de l'enfant à Bertrand. Il les observait d'un air dubitatif, vaguement inquiet. Quel lien s'établissait entre eux ? Bertrand venait d'accomplir un acte de courage et de générosité au péril de sa vie. Il l'avait réalisé à ses dépens. Cela l'obligeait à prendre en charge cette innocente. Il ne se sentait pas de taille à assumer une responsabilité pour laquelle il n'avait aucune expérience.

— Que vas-tu faire ? demanda Bergame.

— A quel sujet ?

— A propos de la petite.

— Je n'ai encore rien décidé.

— Tu l'as depuis trois mois, observa Bergame.

— Déjà !

— Si la petite doit être confiée à une institution, tu ne dois pas tarder. Plus le temps passe, plus ce sera pénible. Elle s'attachera à toi, et toi à elle.

— C'est déjà fait. L'idée de m'en séparer me rend malade.

— Rien ne te prédispose au rôle de père.

— Tu me mésestimes, se piqua Bertrand.

— Non, je te connais.

— Que vient faire la raison là-dedans ?

Louis Bergame leva les bras en signe d'impuissance.

— Oh, moi, ce que j'en dis...

C'était un homme petit, replet, au cheveu rare. Une calvitie précoce lustrait son crâne. Il avait le regard vif, intelligent. Il tirait de sa position auprès du gouverneur une autorité incontestable. L'expérience de nombreuses affaires soutenait sa réputation d'homme de bon conseil.

Son ami s'empêtrait dans des problèmes insolubles. Il affrontait un dilemme qu'il ne résoudrait pas sans aide. Il n'avait aucun droit sur la petite fille. Il était urgent d'intervenir, sinon les sentiments s'en mêleraient et gâcheraient tout.

Les sourires et les babillages d'une enfant de quatre ans, sa vulnérabilité, son besoin de tendresse et d'affection subjugueraient le vieux célibataire, pas aussi endurci qu'il le prétendait. A son contact, il découvrait un univers inconnu, d'autant plus merveilleux qu'il en avait été privé.

Bertrand leva les yeux sur Louis.

— Tu ne penses pas sérieusement que je conduirais cette petite à l'orphelinat ? dit-il.

— C'est la solution la plus sage. Celle que je te conseille.

— Jamais !

— Tu pourrais la confier aux bonnes sœurs. Recueillir les enfants trouvés répond à leur sacerdoce. La preuve de leur compétence n'est plus à faire. Celles qui passent entre leurs mains reçoivent une excellente éducation. Lan ne sera pas malheureuse.

— Non, protesta Bertrand. Elle n'ira pas chez les religieuses. Elles auraient tôt fait de transformer cette perle en grenouille de bénitier. Je ne l'ai pas sauvée des eaux pour la condamner à un avenir de bigote.

Ils se turent un instant. La haie de bambous frémissait sous la brise avec un bruit de soie froissée.

— Que comptes-tu faire ? reprit Louis Bergame.

— La garder.

Le sort du docteur et de sa protégée avait été réglé dès cet instant. Cette décision semblait la plus digne et la plus honnête. Il en avait reparlé avec Louis Bergame. D'autres amis le confortaient maintenant dans son attitude et l'en félicitaient. Les premiers témoins de l'aventure, avec lesquels il était resté en relation malgré son retour en France.

Les choses auraient donné lieu à tergiversations s'il n'y avait eu le catalyseur de l'amour. La fillette avait conquis le cœur du médecin. Au bout de quelques mois, il n'était plus le même. Elle avait pris dans sa vie une place importante. Il aimait l'avoir à ses côtés. Il l'observait avec ravissement pendant qu'elle jouait. Il se surprenait de ses élans d'affection envers une petite créature infiniment touchante dont il ignorait jusqu'à l'existence dans un passé récent.

Revenu dans sa propriété aixoise, leurs liens ne s'étaient pas distendus. Au contraire.

Pour compenser le drame qu'elle venait de vivre, et dont elle subissait encore les effets, il multipliait les attentions, lui offrait des cadeaux. Elle ne manquait de rien. Pour la première fois de sa courte existence, elle connaissait l'aisance et même le superflu.

« Tu as changé, avait constaté Louis Bergame. Cette enfant te fait tourner en bourrique. Elle te mènera par le bout du nez.

— Elle est si mignonne ! s'était écrié Bertrand avec émotion.

— Tu ne regrettes pas ?

— Non. Cela aurait dû se produire plus tôt. J'ignorais ce que je perdais. Cette enfant embellit ma vie.

— J'espère que ça durera.

— Ne gâche pas mon bonheur.

— Hum ! Bonheur, c'est un mot nouveau dans ta bouche », avait ironisé Bergame.

Aujourd'hui, sur ses terres, il plaçait ce bonheur sous la protection de la Sainte-Victoire.

7

Une fois sa décision prise, le docteur Bertrand Larivière entama les démarches en vue de l'adoption de l'enfant. L'enquête policière n'avait donné aucun résultat. Les inspecteurs accomplissaient des tâches plus urgentes que celle d'établir l'identité d'une petite indigène dont personne ne se souciait. On déclara la mère décédée – les marins témoignèrent –, la fille orpheline. Puis, on classa l'affaire.

Pour établir l'équilibre entre son pays natal et la France, elle reçut deux prénoms, l'un indochinois, Lan, qui signifiait « papillon », l'autre français, Bénédicte. Elle retiendrait plus tard celui qu'elle préférerait. Cette sage précaution ménageait l'avenir. Il ne pouvait augurer de ce qu'elle déciderait une fois grande, lorsque son caractère se serait affirmé.

Les deux prénoms correspondaient aux deux faces de sa personnalité. Le destin avait voulu qu'elle fût double. Bertrand affectionnait Bénédicte, pour ses références chrétiennes. L'arrivée de la fillette avait été un don du ciel, une bénédiction.

Le commissaire Pierre Villani rendit visite au docteur un samedi matin. Il en usait souvent ainsi lorsqu'il n'était pas de service, quoique, de son point de vue, un fonctionnaire de police dût être à disposition vingt-quatre heures sur vingt-quatre.

C'était un homme dur, à la mâchoire carrée. De type méditerranéen, le teint mat, la barbe noire abondante difficile à raser. La lame laissait les joues grises. Il ramenait en arrière ses cheveux noirs calamistrés. Ses yeux, d'un bleu très clair, traversaient ses interlocuteurs d'une lumière froide.

Villani avait la réputation d'être un flic compétent et efficace. Il aimait son métier. La chasse aux truands, particulièrement aux trafiquants, lui procurait de grandes satisfactions. Il obtenait des résultats. Il savait stimuler ses hommes.

Son accent corse persistait. Il en jouait comme d'un instrument de musique exprimant ses états d'âme. Tantôt charmeur, tantôt menaçant. Lorsqu'il parlait doucement, avec lenteur, il fallait se méfier.

Un jour qu'il était en veine de confidences, à la terrasse du bar des Colonies, devant un verre d'absinthe que le garçon renouvelait au fur et à mesure qu'il se vidait, il avait raconté sa vie au toubib.

« Je suis né à Balluccia, petit village de la montagne corse. Mon père était berger. Je nourrissais d'autres ambitions. Chez nous, le choix est limité. On tourne bien ou mal selon les opportunités. On devient fonctionnaire, douanier, policier, gendarme, ou on grossit les rangs de la pègre. Les deux coexistent souvent au sein d'une même famille.

— Les réunions ne doivent pas manquer de piment, avait observé Bertrand.

— Bah ! On s'en accommode. Nous avons l'esprit de clan.

— Vous avez opté pour la police ?

— J'ai commencé comme gardien de la paix, à Marseille. Juché sur un socle de bois, je réglais la circulation aux carrefours. Je patrouillais quelquefois à bicyclette avec des collègues. L'administration nous dotait d'un bâton blanc et d'une lourde pèlerine bleu nuit servant d'arme, à l'occasion. Les gens se moquaient de notre allure. Ils nous surnommaient les “hirondelles” !

— Vous vous en êtes bien tiré.

— Mes supérieurs m'ont remarqué. Ils m'ont donné ma chance. Je l'ai saisie.

— Il vous a fallu du courage et de la volonté.

— J'ai beaucoup travaillé pour sortir du rang. J'ai choisi de m'expatrier. Une carrière outre-mer offre davantage de possibilités à des types comme moi.

— Vous n'êtes pas loin de la retraite, commissaire.

— Je finirai mes jours ici. Une jeune Tonkinoise partage ma vie. Elle m'a donné un garçon et une fille : le choix du roi. Que demander de plus ? Je ne retournerai pas à Balluccia. Vous, toubib, vous n'avez pas les mêmes raisons de rester.

— Ce pays n'est pas le mien. La nostalgie de la Provence me travaille. Je veux revoir ma maison natale.

— Ah, la maison familiale ! soupira le commissaire. Je la vois en fermant les yeux. L'image est intacte dans ma mémoire. C'est une bâtisse construite sur un terrain en pente, à l'entrée du village. Les Villani habitent là depuis des générations. La plupart y sont morts.

— Que va-t-elle devenir si vous ne rentrez pas au pays ?

— Mon frère cadet a succédé à mon père et gère le troupeau. Il est marié. Il a trois enfants. C'est un homme de devoir. Il a l'amour de la famille et l'amour de la Corse chevillés au corps. Il conservera le patrimoine. Moi, je n'ai jamais eu la vocation de berger. »

Ses pensée l'accaparèrent. Peut-être l'entraînaient-elles dans le maquis.

« Et vous, docteur, qui s'occupe de vos terres ?

— Un paysan des environs, Baptiste Brigoule. Je le connais depuis l'enfance. Il a ma confiance. Il fait bien son boulot. Je lui laisse la bride sur le cou.

— Ce n'est pas sans risques. Peut-être a-t-il pris de mauvaises habitudes, hasarda le commissaire par déformation professionnelle.

— Je verrai ça à mon retour.

— Vous allez changer de vie.

— Je m'y prépare. »

L'échéance se rapprochait. Il mentait en affirmant qu'il était prêt. Il essayait de se persuader qu'il avait pris les mesures nécessaires pour opérer la transition sans dommages.

« C'est drôle de rentrer chez soi avec le sentiment de s'exiler », dit-il.

Un matin, en ouvrant sa boîte à lettres, une odeur pestilentielle agressa les narines de Bertrand. Il ouvrit la porte. Un rat mort était à l'intérieur. Il fit tomber le cadavre en décomposition à l'aide d'un bâton et le repoussa à distance raisonnable. Il l'enterrerait plus tard et désinfecterait la boîte à l'eau de Javel.

Il n'y avait pas de courrier à l'intérieur. La plupart de ses relations ignoraient encore son retour. Ses amis se comptaient sur les doigts d'une main. Il attendait surtout des nouvelles de Louis Bergame et du commissaire Villani.

Le rat n'était pas entré tout seul dans la boîte. On l'y avait glissé intentionnellement. Pour que le corps franchisse l'étroite ouverture, il avait fallu le pousser.

Acte de malveillance ou farce due aux gamins du voisinage ? Dans ce cas, cela s'adressait à Lan, pas à lui. Elle venait parfois prendre le courrier.

Cette hypothèse l'effleura. Les enfants se moquaient de Lan et la molestaient parce qu'elle était différente. Les petits Provençaux, chauvins et racistes, à l'image de leurs parents, ne juraient que par leur clocher. Leur village était le nombril du monde. Ils ne connaissaient pas le monde.

Ces abrutis n'avaient jamais franchi les limites du canton. Aller au chef-lieu représentait une expédition, une aventure. Ils n'avaient rien vu, ne savaient rien. Pire : ils tiraient de leur ignorance une absurde fierté. Ce comportement dégradait l'idée que le docteur se faisait de la nature humaine.

Il revint à sa première intuition. Les camarades d'école de Lan avaient le même âge qu'elle. Manipuler un rat mort supposait un certain cran, de dominer répugnance et appréhension. Même pour des campagnards, il fallait oser. Il n'en voyait guère capables d'un tel geste. A moins de bénéficier de l'aide d'un grand frère. Chose improbable.

Alors qui ? Et pourquoi ? Gênait-il quelqu'un ? Ce n'était pas un étranger. Sa famille jouissait d'une excellente réputation. Les villageois et les paysans le connaissaient. Aucun différend ne l'opposait à quiconque.

Il aurait pu négliger l'incident, ne pas lui accorder d'intérêt. Mais il avait la conviction que l'acte était intentionnel.

La présence du rat n'était pas à prendre à la légère. C'était un signe. On avait voulu faire passer un message. Cela rappelait certaines pratiques campagnardes proches de la sorcellerie. De mystérieux individus clouaient des chouettes sur la porte des granges pour jeter le mauvais sort à leurs ennemis.

Les truands usaient de tels moyens d'intimidation. Des cadavres d'animaux, ou de petits cercueils envoyés dans des boîtes. Le commissaire Villani, bon connaisseur des mœurs du milieu, lui en avait parlé. Il n'avait retenu que le pittoresque. Aujourd'hui, c'était différent. Il se trouvait personnellement en cause.

C'est alors qu'il pensa à Baptiste Brigoule.

Si, à cet instant, le docteur Larivière avait pu entretenir un contact télépathique avec Baptiste Brigoule, il aurait découvert le bien-fondé de ses intuitions. Il croyait à tort ne pas avoir d'ennemis. L'affaire qui l'avait opposé à son ancien régisseur était close.

Il refusait que des problèmes de cette nature gâchent son retour. Sa philosophie l'incitait à supporter un préjudice plutôt que de s'empoisonner l'existence en tâchant de le résoudre, fût-ce au prix de son droit.

A l'opposé, Baptiste Brigoule ruminait longuement ses déconvenues. La rage l'étouffait. Le fiel contenu dans son corps le brûlait. Il se torturait l'esprit pour mûrir sa vengeance. Mais il devait agir avec une grande prudence pour n'être pas démasqué. Bertrand était l'homme à abattre. Il s'attacherait à lui nuire avec obstination. Si le dieu des Enfers favorisait ses noirs desseins, il conduirait son ennemi à sa perte.

Il imaginait toutes sortes de maux : la maladie, la ruine, le chagrin, la folie. Bertrand, sans s'en douter, était placé sous surveillance.

Baptiste avait trouvé son point faible : Lan. Il utiliserait l'enfant pour atteindre le père. Bertrand l'aimait. La toucher revenait à le toucher. En utilisant l'innocence et la vulnérabilité de Lan, il satisferait sa haine. Il ne l'éteindrait pas pour autant. Il en souffrirait toujours.

Même la mort de Bertrand n'apaiserait pas ce tourment.

8

Jules Garriguié venait souvent à la bastide. Sous prétexte de discuter avec Bertrand, il s'intéressait à Lan, prenait de ses nouvelles, apportait des friandises.

— Voilà des chocolats.

Et il tendit un paquet joliment enveloppé de rubans de couleur.

— Tu la gâtes trop, protesta Bertrand.

— On ne gâte jamais trop un enfant. On ignore ce que réserve l'avenir. C'est toujours ça de pris.

— J'ignorais que tu avais la fibre du grand-père, le taquina Bertrand.

Jules répondit du tac au tac.

— Toi, tu apprends bien à être papa ! C'est plus difficile. Tu as beaucoup de progrès à faire !

— Je reconnais que je ne suis pas doué, admit Bertrand. J'ai tout à apprendre. Je fais de mon mieux. Sans la nounou, je ne me débrouillerais pas.

— On m'a dit que la petite avait des difficultés à l'école ?

— Oui. Je voulais t'en parler.

— Quel genre de difficultés ?

— Elle ne s'intègre pas. Ses camarades la repoussent et l'agressent en permanence. Elle se tient à l'écart pour échapper à leurs persécutions. Peine perdue !

Elles ne la laissent pas tranquille. Quand elles s'y mettent, les filles sont pires que les garçons.

— Tu as vu l'institutrice ?

— Oui. Elle a promis d'intervenir. Cela ne servira à rien. Le mal est plus profond.

— Elle n'a pas d'amies pour la protéger ?

— Non. Elle n'est bien qu'à la maison.

— Tu n'as pas de solution ?

— Je la retire de l'école.

— Ce n'est pas une bonne idée. Elle a besoin d'être socialisée, d'avoir des contacts avec les autres enfants.

— Pour l'instant, les contacts sont brutaux ! s'exclama Bertrand.

— S'est-elle confiée ?

— Non. Pas une plainte. C'est au moment où j'ai découvert la situation que je lui ai parlé. Elle a fondu en larmes.

— Tu l'as inscrite sous le nom de Lan ou de Bénédicte ? demanda soudain Jules en plissant le front.

— Lan. Qu'est-ce que ça peut faire ?

— Comme dirait mon cousin Auguste, ce n'est pas un nom de chrétien. Alors, on le remarque, ça accuse la différence.

— Physiquement, elle est déjà différente. La pauvrette n'y peut rien.

Bertrand était d'autant plus surpris de ces difficultés que tout s'était très bien déroulé à l'école Sainte-Marie de Hanoi, sous la houlette de sœur Clotilde.

— Lan, continua Jules, au milieu des Magali, des Marie, des Manon, des Nicole, cela fait tache. Les petites Provençales ne sont pas sensibles à l'exotisme. Ce sont des chipies. Si tu la changes d'établissement, inscris-la sous le nom de Bénédicte.

— N'est-ce pas contraire à ce que tu m'as recommandé au sujet de ses racines ? s'étonna Bertrand.

— Tu peux concilier les deux. Ne mélange pas le public et le privé. Tu lui parleras de son pays d'origine à la bastide.

— J'ai commencé.

— A la bonne heure !

— La demeure est grande. Nous avons plus de pièces qu'il n'en faut. Des dépendances ne sont pas utilisées. Je lui installerai un espace à elle. Je le meublerai de souvenirs de là-bas.

Lan sortit de la bastide et courut se jeter dans les bras de Jules. Elle l'embrassa sur les deux joues. Puis, apercevant le paquet de chocolats :

— C'est pour moi, tonton Jules ?

— Bien sûr que non. Je les destine à une méchante fille. Il ne faut surtout pas y toucher.

Après un bref moment de perplexité, elle le remercia en riant de plaisir :

— Tu n'es pas gentil, tonton Jules. Tu te moques de moi.

— Parce que je t'aime bien.

Plusieurs mois s'étaient écoulés depuis le sauvetage miraculeux de Lan. Aucune trace du drame ne semblait l'affecter. De bonne humeur, elle souriait à la vie. Sa nounou la trouvait gentille, agréable, et ne tarissait pas d'éloges.

« Cette enfant est une perle, disait-elle. Elle vous comblera, docteur. Elle illuminera vos vieux jours.

— Allons ! ne nous emballons pas », bougonnait-il.

Au fond, ces propos le ravissaient.

La nounou était une jeune femme métisse d'une trentaine d'années, dévouée, recommandée par le commissaire Villani. Elle s'acquittait des tâches les plus humbles mais pas de l'instruction de Lan. On ne pouvait le lui reprocher. Cependant, si on laissait la fillette en dehors du système scolaire, elle accumulerait un retard préjudiciable à son avenir.

Bertrand prit rendez-vous avec sœur Clotilde, directrice de l'école Sainte-Marie. Des religieuses, à la discipline stricte mais efficace, assuraient les cours. Les élèves, issues de la bourgeoisie locale, profitaient de cet enseignement efficace.

Marie-Virginie de Vaux de Seignac avait rompu avec sa famille à vingt ans pour entrer dans les ordres et devenir sœur Clotilde. La foi la consumait. Elle envisageait de se retirer du monde pour se consacrer à la prière et à la méditation derrière les murs épais d'un couvent. La pureté, l'abstinence, la chasteté renforceraient son âme. Elle se présenterait au jugement de Dieu sans péchés.

La vie monacale ne lui convint pas. Elle montrait trop d'énergie, trop d'ardeur, pour se soumettre à la règle. Ce constat ne remit pas en cause sa vocation. Elle changea d'orientation avec l'accord de la mère supérieure. Passionnée par les problèmes d'éducation des filles, elle fit valoir qu'elle serait utile dans ce domaine. Elle était de taille à braver les tentations du siècle. On l'expédia en mission au Sénégal puis au Tonkin.

A la tête de l'institution Sainte-Marie de Hanoi se trouvait donc la meilleure directrice qu'on pût trouver. L'établissement jouissait d'une excellente réputation. Il refusait des élèves. Les listes d'attente s'allongeaient. Les parents espéraient des désistements. Les places étaient chères.

Le docteur Larivière bénéficiait de soutiens parmi les officiers de la Royale et au palais du gouverneur. Cela n'aurait pas suffi. Du piston, tout le monde en avait. L'intégrité de sœur Clotilde ne se laissait pas circonvenir. Elle n'aimait pas les passe-droits, contraires à la morale chrétienne. La réputation du docteur Larivière plaidait en sa faveur. Il prodiguait gracieusement ses soins aux indigents et se dépensait sans compter pour leur venir en aide. Sœur Clotilde était sensible à ces preuves de charité.

Elle reçut le docteur Larivière dans une pièce d'une austérité monacale. Des lambris de bois sombre recouvraient les murs à mi-hauteur, entre lesquels s'intercalaient des rayonnages de bibliothèque chargés de livres aux reliures luisantes. Un ordre impeccable régnait sur le bureau. Un crucifix de bois surmontait le fauteuil où elle s'asseyait.

Sœur Clotilde entra sans préambule dans le vif du sujet.

— Parlez-moi de votre protégée, dit-elle.

Il s'exécuta. Elle écouta sans l'interrompre.

— Est-elle bonne chrétienne ? demanda-t-elle.

La question le prit au dépourvu.

— Je ne comprends pas, balbutia-t-il.

Sœur Clotilde réprima son irritation.

— Comment, vous ne comprenez pas ? Fait-elle régulièrement ses dévotions ? Va-t-elle à l'office ? Connaît-elle au moins ses prières ?

— Je ne saurais dire. Je ne l'ai que depuis quelques mois et...

— Et vous n'avez encore rien fait ! Vous mettez l'âme de cet enfant en danger. Elle est en état de péché mortel. Il y va de votre responsabilité.

— Je n'en disconviens pas.

— Attendez-vous que le déluge nous tombe de nouveau sur la tête ?

Au mot « déluge », il esquissa un sourire amusé.

Il se reprit aussitôt, de peur d'offenser la sœur. Ce n'était pas le moment de la désobliger.

— Est-elle au moins baptisée ? lança-t-elle.

— Je l'ignore.

Pour le coup, elle faillit réellement s'emporter.

— Docteur, revenez sur terre, je vous prie. La baptiser est la chose la plus urgente. Après, j'examinerai le dossier de votre Lan avec bienveillance. Allez voir sans tarder l'abbé Cassanière de ma part. Il baptisera cette enfant sur-le-champ. Après, revenez.

— Peut-être a-t-elle déjà reçu l'onction du baptême, hasarda-t-il.

Elle le foudroya du regard.

— Dans ce cas, tant pis ! Deux précautions valent mieux qu'une, ou pas du tout.

L'entretien était terminé. Elle ne prononça pas un mot de plus.

L'abbé Cassanière se montra compréhensif. Les arguments du docteur Larivière l'émurent. Mieux valait, en effet, baptiser cette enfant qui portait le beau prénom de Bénédicte.

L'abbé était un petit homme rond, affable, un rien précieux. L'onction ecclésiastique facilitait les rapports humains. Il se frottait doucement les mains, hochait la tête d'un air convenu, esquissait des gestes chargés de symboles : écarter les bras, joindre les mains, lever les yeux au ciel, prendre à témoin le Seigneur, battre sa coulpe.

— Bénédicte est un don du ciel, dit-il. Elle est déjà bénie de Dieu.

Ils réglèrent les modalités de la cérémonie. Bertrand alluma un cierge, glissa un billet dans le tronc des bonnes œuvres. L'abbé ne roulait pas sur l'or. La trame de sa soutane élimée apparaissait par endroits.

Le baptême se déroulerait dans la stricte intimité. Bertrand chercha un parrain et une marraine. Il n'avait guère le choix. Les gens se déterminaient en fonction des préjugés. Si Bénédicte avait été sa vraie fille, il en eût été autrement. Mais une enfant trouvée !

Frileuse, conventionnelle, étriquée et fermée, la colonie se conformait au bon usage, aux conventions catholiques et bourgeoises. Elle se protégeait. Le moindre parfum de scandale l'effarouchait. Gens du monde, notables, bourgeois prenaient leurs distances. Le docteur Larivière était infréquentable depuis qu'il avait trahi sa caste en adoptant cette orpheline.

Le manque de charité de ses concitoyens désola le docteur. Il en ressentit une profonde amertume. Ils avaient beau fréquenter l'église, ils piétinaient les devoirs du chrétien. Cela le rapprocha davantage du petit être innocent qui dépendait de lui. Il serait toujours là pour la protéger. S'occuper d'elle était désormais le but de sa vie.

Il songea finalement à solliciter Villani. Le commissaire avait épousé en secondes noces une femme jaune. Ses enfants étaient de sang mêlé. Il comprendrait la situation. Il se déclara fort honoré et accepta avec joie.

— Comme cela, nous serons un peu parents, dit-il.

9

Les positions politiques et philosophiques de Bertrand Larivière avaient beaucoup évolué au cours de son expérience indochinoise. A son premier voyage, il professait les idées conservatrices de son milieu. Il n'avait pas de conscience politique. Ces questions ne l'intéressaient pas. Chez lui, on n'en parlait pas. On jugeait cela inconvenant. La famille se situait héréditairement à droite.

Il avait eu ses premières discussions avec Le Cornec, pendant la traversée. Celui-ci, plus âgé, s'autorisait d'une bonne éducation politique. Il appartenait à la droite d'une façon à la fois réfléchie et passionnelle. Cela l'avait conduit à embrasser la cause des antidreyfusards. Il n'avait pas dévié d'un iota. Il préférait défendre l'honneur de l'armée au prix d'une injustice. Bertrand ne faisait pas le poids. Les arguments du capitaine de frégate l'impressionnèrent.

Bertrand était un homme de cœur, intelligent et sensible, un esprit ouvert. La pratique de la médecine en milieu militaire et dans le civil le plaça en face de réalités troublantes qui l'interpellaient. Le monde n'était ni simple ni limpide. Son rôle ne se limitait pas à soigner blessures et maladies. Il exerçait ses talents au sein d'une société dont le fonctionnement l'invitait à s'interroger sur les conditions de l'exercice de sa profession.

A l'armée, il intervenait dans un milieu de tradition, organisé, réglé. L'édifice le soutenait dans sa tâche et le confortait. On attendait qu'il agisse en médecin. Il évoluait dans une communauté masculine, homogène et cohérente, disciplinée, sans surprises.

Les hommes étaient là par choix. Jeunes recrues ou vieux briscards, c'étaient des soldats de métier. L'uniforme les multipliait à l'identique. Derrière cette apparence, on découvrait pourtant des individus avec leurs différences physiques et morales. Ne se présentaient pas devant lui des patients identifiés par un numéro de matricule mais des hommes de chair et de sang, avec des problèmes d'hommes, des états d'âme, avec leurs qualités et leurs défauts, leur courage ou leur lâcheté.

A ses débuts, l'aspirant Bertrand Larivière ne se posait pas de questions. Il se penchait sur des cas. Chaque patient était un cas, c'est-à-dire un problème médical à résoudre avec des moyens médicaux. Il ne perdait pas son temps en vaine psychologie. L'important, c'était le grand brûlé qui hurlait de douleur, le mécanicien écrasé sous une pièce de métal, le coup de couteau ou de sabre, les impacts de balle dans la peau.

Il accomplissait des gestes économes, précis et efficaces. Il oubliait qu'il triturait la chair d'êtres humains. Le travail ne laissait pas de place aux sentiments. Il dégageait le champ opératoire, nettoyait, désinfectait les plaies, ouvrait la chair, la recousait. Sa volonté, son énergie, sa science se concentraient sur un espace circonscrit. La réussite supposait la maîtrise de soi.

Ce raisonnement perdait de sa rigidité au contact des misères sociales. Les classes se superposaient, se contrariaient, s'enchevêtraient, luttaient les unes contre les autres. Les ambitions se donnaient libre cours. L'arrivisme écrasait qui le gênait.

Les blessés de la vie ne se relevaient pas. Il y avait les résignés, les désespérés, les laissés-pour-compte, les cloportes des bas-fonds de la ville qui s'entre-dévoraient. L'aide professionnelle ne suffisait pas. Les gens attendaient autre chose, qu'il croyait ne pas pouvoir donner. Ses études ne l'avaient pas préparé à cela.

Sa serviette contenait des instruments, stéthoscope, bistouri, ciseaux, seringues, et des médicaments, comprimés, pommades, sirops. Son prestige prévenait en sa faveur. C'était un monsieur, un médecin, un notable. Il imposait le respect.

« On m'accorde plus de pouvoir que je n'en ai, se lamentait-il. On attend de moi des miracles. Je ne suis qu'un homme très ordinaire qui fait de son mieux. »

Tout en le flattant, cela le désolait. Ses propres limites entravaient ses élans de générosité. Il ressentait son impuissance comme une faute.

Quand il soignait au dispensaire, les malades arrivaient dans un cadre adapté. L'organisation administrative et médicale les prenait en charge, avec des infirmières, des fonctionnaires, du personnel de surveillance. Mais, lorsque ses visites l'entraînaient dans les quartiers populaires, pauvres et insalubres, il affrontait une épreuve dont il ne ressortait pas indemne.

La médecine allait au-delà des disciplines étudiées à la faculté. Les professeurs n'enseignaient pas les aspects humains. Chacun se limitait à sa spécialité. A l'usage, cela s'avérait insuffisant.

Le docteur Larivière poursuivait sa tâche avec abnégation. Il ne trichait pas avec le serment d'Hippocrate, contrairement à certains confrères peu scrupuleux qui profitaient de leur position pour s'enrichir.

Il restait fidèle aux lois de l'honneur et de la probité dans l'exercice de son art : « Je donnerai mes soins gratuits à l'indigent... Ma langue taira les secrets qui me seront confiés... Je ne permettrai pas que des considérations de religion, de nation, de race, de parti ou de classe sociale viennent s'interposer entre mon devoir et mon patient... »

Il entrait dans de luxueuses villas entourées de jardins prodigieux, avec des domestiques obséquieux. On lui offrait le thé et les gâteaux après la consultation, quelquefois du champagne. On payait ses honoraires sans rechigner. On l'invitait à des parties ou à des dîners pour ce qu'il représentait.

Il entrait aussi dans des taudis répugnants où s'entassaient des familles nombreuses sans ressources. Il ne s'habituait pas à la saleté et à la misère, à la sordide promiscuité des gueux. Simplement, avec le temps, il les supportait mieux. Il avait vaincu la nausée et ses réticences parce que dans ces endroits abandonnés à la déchéance, il avait le sentiment de faire œuvre utile. Il accomplissait un sacerdoce laïque dont il tirait fierté.

Là, il avait rencontré des âmes fortes, des gens d'un courage exceptionnel luttant opiniâtrement contre l'adversité. Ils entretenaient au fond du gouffre une lueur d'espoir. La vie se gagnait au jour le jour. De minuscules miracles quotidiens nécessitaient de terribles efforts.

Ces êtres lumineux se fondaient dans la pègre locale, une population interlope de voleurs, de trafiquants, de truands, avec lesquels on les confondait, ajoutant à leurs difficultés. Encore fallait-il faire la part des choses. Parmi ces pitoyables héros de la nuit, certains commettaient crimes et forfaits par nécessité, non par vice. Dans le combat pour la vie, tous les moyens étaient bons. Le plus grand délit était peut-être de vouloir vivre coûte que coûte.

En s'aventurant dans ces quartiers interdits, le docteur bravait non seulement la pègre et les contagions, mais aussi des tabous. Il s'attirait les critiques de ses compatriotes. On voyait d'un mauvais œil les actions en faveur des indigènes démunis. Comme si en leur permettant de vivre mieux on privait les privilégiés de quelque chose de précieux. Bertrand s'insurgeait. Le scandale ne se trouvait pas là où ces gens le plaçaient mais dans le fond de leur cœur sec.

La colonie réprouvait sa conduite. On osait chuchoter sur son passage. On le jugeait dangereux. Il donnait le mauvais exemple. Les individus de son espèce compromettaient l'équilibre social. Ils menaçaient les situations établies depuis la conquête au bénéfice des planteurs, des négociants et des fonctionnaires. La présence des militaires servait à maintenir l'ordre et les privilèges.

L'opinion s'orienta dans le sens du vent. On critiqua ouvertement le docteur Larivière. Sa réputation en fut ébranlée. Etre coupable de s'intéresser aux indigènes revenait à saper l'autorité du gouverneur. Celui-ci, le garant de la cohésion de la communauté européenne, ne laisserait pas faire, quitte à recourir à la violence.

L'hostilité à Bertrand atteignit son paroxysme dans les années vingt. La nouvelle se répandit qu'il lisait *L'Indochine enchaînée*, un torchon créé et dirigé par un jeune intellectuel activiste. Celui-ci, venu pour dérober des objets d'art, avait été arrêté, jugé et condamné. Il se vengeait en publiant ce brûlot. Pire : il favorisait les idées du mouvement Jeune Annam. Les autorités poursuivaient les fauteurs de troubles. Cette feuille de chou serait bientôt interdite.

Bertrand venait d'avoir quarante ans. Il vivait en Indochine depuis 1905. Un séjour entrecoupé de rares permissions en métropole. Il avait eu le temps de se forger une opinion personnelle. Son cœur battait à droite. Il professait un conservatisme modéré par un humanisme ouvert et généreux. La lecture du journal prohibé ne manifestait pas un revirement politique. Bertrand obéissait au besoin de se frotter à des opinions contradictoires. Il s'agissait d'hygiène intellectuelle.

La bonne société ne l'admit pas. Plusieurs demeures lui fermèrent leurs portes. On le qualifia de « rouge ». La vindicte alimenta les pires rumeurs sur son compte. Ses supérieurs s'en émurent. Porter atteinte à l'honneur d'un officier retombait sur la marine tout entière. L'amiral Gilles-Marie Groze de La Ferté, commandant de la base, le convoqua.

L'amiral était un homme longiligne et sec. Il avait les sourcils broussailleux, les lèvres minces, les yeux bleu sombre. Ses cheveux gris étaient coupés ras. Il parlait d'une voix métallique habituée au commandement.

— Docteur Larivière, attaqua-t-il sans aménité, des informations déplaisantes me parviennent à votre sujet. Nous allons tirer ça au clair.

— Ce sont des rumeurs malveillantes, se défendit le docteur Larivière.

L'amiral se racla la gorge et le considéra d'un œil glacé.

— Hum ! Il n'y a pas de fumée sans feu. On prétend que vous vous commettez avec des activistes.

— Pure invention destinée à me nuire.

— Pourquoi aurait-on intérêt à le faire ?

— Je vais soigner des malades dans les bidonvilles. Cela ne plaît pas à tout le monde.

— Ce n'est pas de votre ressort.

— Je suis médecin.

— Vous êtes d'abord officier de marine. Vous devez respecter certaines règles.

— Je ne fais rien de mal.

— C'est à moi d'en juger.

— J'ai toujours été bien noté, se défendit Bertrand.

— Pour l'instant, laissa tomber l'amiral.

Bertrand Larivière se figea. Son avenir était en jeu. L'amiral pouvait briser sa carrière.

Gilles-Marie Groze de La Ferté jouait avec son coupe-papier. Il hésitait. Le silence s'appesantissait dans la pièce.

— Vous lisez des journaux séditieux ? reprit l'amiral.

Son regard scrutateur accentua le malaise de son subordonné.

— Séditieux, balbutia Bertrand, comment cela ?

— Ne tournons pas autour du pot. Ne jouez pas au plus fin avec moi. Vous savez de quoi je parle.

— Amiral, j'achète des journaux de toutes opinions pour être bien informé. Lire la presse n'est pas un crime.

— Seriez-vous libre penseur ? Un de ces libertins qui ne respectent rien ?

— Je suis bon catholique. L'Eglise n'ordonne-t-elle pas d'aimer son prochain ? Je suis ses commandements.

— L'Eglise ne conseille pas de bousculer l'ordre établi. Elle en est un des piliers, comme l'armée à laquelle vous appartenez. Ressaisissez-vous. Rentrez dans le rang. Ne commettez plus d'extravagances, monsieur le docteur. Votre caducée ne donne pas tous les droits.

Bertrand sortit ébranlé de l'entretien. Il croyait n'avoir rien fait de répréhensible. L'amiral démontrait le contraire. La malveillance avait des yeux partout. Ses adversaires guettaient ses faux pas.

10

Baptiste Brigoule fourbissait ses armes. Il ne récupérerait pas ce qu'il avait perdu. Rentrer en grâce auprès de son ancien patron, il n'y songeait pas. Il ne le désirait pas. Les avantages dont il avait abusé étaient irrémédiablement perdus. Il aurait dû accepter sa défaite et considérer son renvoi justifié. L'humiliation d'avoir été démasqué, plus que le préjudice, il ne la digérait pas.

Il avait compris l'importance de la petite fille pour Bertrand Larivière. Elle contribuait à son bonheur. C'était inacceptable. Il avait résolu de frapper Bertrand à travers Lan. Il menait auprès des habitants une campagne de dénigrement systématique, attisant l'animosité qui opposait les enfants du pays à l'intruse.

Il avait écouté les commérages, enregistré les griefs, puis surenchéri en ajoutant des faits de son invention. Lan était la fille d'une prostituée de Hanoi fréquentée par Bertrand. La prostituée avait été mêlée à des affaires louches. Elle était compromise dans de gros trafics. A l'entendre, Lan avait vécu ses premières années dans un bordel. Rien de cela n'était vrai.

Il dénigrait le caractère et les mœurs de Lan. Il la décrivait sous les traits d'une vicieuse pourrie de défauts. Ses camarades de classe risquaient d'être contaminées, physiquement et moralement, car des maladies exotiques contagieuses l'affectaient.

Les parents craignaient pour leur progéniture. Ils étaient sensibles aux histoires de Baptiste. Ses arguments éveillaient leur suspicion. Ils ne demandaient qu'à croire ce que le drôle racontait, sans chercher de justification. Ils croyaient avec la foi du charbonnier.

Voilà pourquoi Lan était si malheureuse à l'école. Stimulés par la complicité de leurs parents, les enfants persécutaient l'infortunée. Sa vie devenait un enfer. Son père adoptif la retira de l'école.

Baptiste Brigoule se félicitait. Ce résultat encourageait son âme malfaisante. Il irait plus loin. Il s'en prendrait au domaine de Sauveterre. Il avait soigné et exploité cette propriété. Il la détruirait.

Déjà, depuis son départ, elle périclitait. Personne ne lui avait succédé. Les recherches de Bertrand Larivière pour lui trouver un remplaçant demeuraient infructueuses. Bertrand, dépourvu de compétence et d'expérience, ne s'en sortirait pas seul. Il commettait trop d'erreurs.

On le regardait se débattre avec une cruauté amusée. Les propriétés mal entretenues perdaient de leur valeur. Certains flairaient déjà la bonne affaire. Quant aux récoltes, elles ne seraient pas à la hauteur des espérances.

Deux événements se produisirent à quelques jours d'intervalle. Le premier fut le ravage d'un champ de blé juste avant la moisson. Les tiges brisées et les épis jonchaient le sol. Avec l'aide d'ouvriers agricoles, Bertrand avait tenté d'en sauver le maximum. C'était peu. Le champ avait été livré aux glaneurs, qui jubilaient. Jamais ils n'avaient ramassé autant de blé.

Le deuxième événement occasionnait un préjudice plus lourd. A la faveur de la nuit, des malfaiteurs avaient arraché et emporté plusieurs oliviers. Il fallait en racheter, replanter, attendre. Plusieurs années s'écouleraient avant qu'ils ne deviennent productifs.

Bertrand vécut cela comme une catastrophe. Il entra dans une vive colère. Puis il porta plainte à la gendarmerie.

Quand il ne naviguait pas par obligation de service, le docteur Larivière restait à terre jusqu'à la mission suivante. Il ne comptait pas le temps des escales. Quand le bateau jetait l'ancre dans un port, son occupation principale était de se distraire, de profiter de ses loisirs.

La monotonie de la vie à bord ne lui déplaisait pourtant pas. Il s'accoudait volontiers au bastingage et méditait en regardant la mer, dont le rythme le berçait. Il savourait un bonheur lisse et paisible. Libre, sans entraves, il humait l'air vivifiant du large.

Quelquefois une femme le séduisait. Ce pouvait être une barmaid, une entraîneuse, une femme mariée en quête d'aventure, une insatisfaite cherchant un dérivatif à sa vie conjugale. Après le plaisir, elles sombraient dans l'oubli.

Dans sa mémoire défilait leur cohorte grise, d'où ne ressortait aucun visage. Ces femmes sorties de l'ombre y retournaient après des beuveries et des étreintes. Pas une n'avait eu d'importance. Brunes, blondes, rousses, châtains, c'étaient des corps interchangeables à rejeter sitôt le désir assouvi.

Quelque chose de pathétique se dégageait de ce constat. Ces créatures n'étaient pas des objets de plaisir, des machines à jouir, tarifées ou non. Elles alimentaient un rêve qui ne cessait jamais. Elles avaient un caractère, une sensibilité, une histoire. Certaines, mises en confiance, racontaient leur vie pitoyable, voire sordide. Ces histoires se ressemblaient. Des mêmes bouches sortaient les mêmes récits.

Il reçut avec surprise ordre d'embarquer pour une nouvelle mission. Il l'interpréta comme la conséquence de son entretien avec l'amiral Groze de La Ferté. Il s'agissait d'une sanction. Si près de la retraite, on aurait dû l'en dispenser. Il aurait dû finir son temps en garnison. Or, il partait pour un trimestre. Trois longs mois pendant lesquels il ne verrait pas Lan.

Autrefois, il embarquait sans états d'âme. L'absence ne pesait pas. Il restait en mer sans lassitude. N'avait-il pas intégré la Royale pour ce genre de vie ? A bord, malgré la discipline et les servitudes, il s'appartenait. Marin était une dignité, médecin une noblesse.

Cette fois, il partait à contrecœur, pressé de revenir. Son attention, son amour se concentraient sur Lan. Elle était devenue son bien le plus précieux. Comment ne pas s'attacher à cette enfant si jolie, si gracieuse ? Elle illuminait son existence. Il espérait qu'elle ne souffrirait pas de la séparation. Impossible de lui en expliquer les raisons. Elle ne comprendrait pas.

Il prit les mesures nécessaires au bien-être de Lan. Il la recommanda à la nounou. Il ne pardonnerait pas la moindre négligence. Il sollicita un entretien avec sœur Clotilde, émue par l'attitude du vieux médecin. Il se rendit chez les Villani. Ils l'invitèrent à dîner. Ils le rassurèrent.

— Ne t'inquiète pas, dit le commissaire. Pars en paix. Tu peux compter sur nous.

— Merci. J'ai confiance en vous. C'est la première fois que je quitte Lan.

— Tu l'as depuis si peu de temps !

— Je la considère comme ma fille.

— Tu la retrouveras en pleine forme. Nous la chouchouterons.

La séparation ne se déroula pas en douceur. Lan serra ses petits bras autour du cou de Bertrand. Une grande émotion l'étreignit.

Il l'embrassa en prononçant des paroles pleines de tendresse. L'heure tournait. Il partit. La nounou prit la fillette dans ses bras.

Elle éclata en sanglots.

La première semaine à bord ne dissipa ni la tristesse ni l'inquiétude de Bertrand. La vacuité était mauvaise pour le moral. Il cherchait à lutter contre ses pensées moroses. Les bavardages au carré des officiers offraient de vains palliatifs. Ils tournaient autour des mêmes sujets. La plupart manquaient de culture. Ils ressassaient les mêmes histoires, riaient à des plaisanteries éventées, des blagues éculées, ou rêvassaient dans leur coin en ne pensant à rien de précis.

Bertrand avait changé au cours des derniers mois. Il participait de moins en moins aux conversations. En dehors du service, ses camarades lui paraissaient creux. Il se souvenait du bon vieux temps passé avec Le Cornec, de leurs débats animés. La nostalgie lui poissait le cœur.

Il imagina de consigner ses réflexions dans un cahier. Il donnerait forme à son expérience. Il se flattait d'avoir eu une vie intéressante. Il avait beaucoup réfléchi. Il témoignerait des choses vues, des rencontres. Il connaissait des anecdotes. Cela l'occuperait.

Bertrand possédait un beau brin de plume. Ses lettres étaient appréciées pour leur qualité. Il avait lu toutes sortes d'ouvrages, sans compter la littérature médicale indispensable pour se recycler en permanence. Il mettait un point d'honneur à se tenir à la pointe de sa profession. Mais il aimait aussi les contes, les romans, la poésie. Sa prédilection allait vers les auteurs inspirés par la mer, Joseph Conrad, Pierre Loti, Herman Melville.

Il s'attela à cette tâche avec bonheur. Il découvrit la difficulté de passer de la parole à l'écriture. Cela exigeait de la concentration et de la discipline. Il persévéra.

Il inscrivit sur la première page *Souvenirs d'un médecin colonial.* Ce titre plat ne correspondait pas exactement à son projet. Il s'en contenta en attendant mieux. Si le manuscrit le satisfaisait, de retour au pays, il le publierait à compte d'auteur. Une centaine d'exemplaires suffirait pour ses amis et relations. Il ne nourrissait pas de plus hautes ambitions.

Un imprimeur aixois, habitué à ce genre de publications, réaliserait cela à un prix abordable. Il surveillerait la réalisation sur place. Le livre n'était pas destiné à la vente. Il s'offrait un petit plaisir dont la vanité n'était pas absente. Il laisserait à Lan un témoignage en souvenir.

Il commença le lundi suivant son départ. Après une semaine de macération, le projet se concrétisa. Il traita de ses origines, de sa famille, de sa Provence chérie. Il écrivit : « Je n'entends plus les cigales mais j'ai toujours leur chant dans les oreilles. »

Il avait cédé au charme d'une formule bien frappée mais factice. La plume en l'air, il attendit l'inspiration. Elle ne vint pas. Il emprunta alors une voie plus féconde.

« Toute mon enfance s'étale devant moi. Les événements semblent s'être enchaînés dans le désordre. Il n'en est rien. Chaque détail des années mortes a sa place et sa fonction. Une certaine logique gouverne leurs enchaînements et leur répartition. J'ignore laquelle. J'en suis pourtant l'objet. Je me suis construit à partir de cela. J'en suis l'unique raison. »

Sa plume glissa sur le papier sans contrôle, d'un seul jet. Etait-ce là ce qu'il voulait écrire ? Ces mots venaient de lui échapper. Ce n'étaient pas les siens. Ils étaient sortis en fraude de son esprit. Maintenant, ils étaient là, sous ses yeux. Des mots d'un autre. Des mots dictés.

Il songea à sa mère si pieuse qui ne ratait aucun office. Il sentit de nouveau l'odeur de l'église, subtil mélange d'encens, de cire brûlée, d'encaustique. Il revit le Christ sculpté dans le marbre, le crucifix de bois brun, la lumière coulant des vitraux.

Il voyait par le hublot la mer plate, luisante comme un lame d'acier sous le ciel gris.

Que penserait maman de cela ?

Il imagina plusieurs réponses. On ne faisait pas parler les morts. Arracher leurs secrets, les faire intervenir parmi les vivants, quelle absurdité !

Quand la mère de Bertrand était morte, il n'avait pas vu sa dépouille ni put l'accompagner à sa dernière demeure. Odile restait dans sa mémoire.

Plus tard, à l'occasion d'une permission, il s'était recueilli sur sa tombe. La dalle et la croix noires occupaient un espace dérisoire au milieu d'autres tombeaux alignés en travées géométriques.

Il frissonna à cette évocation. Il reprit la plume. Les mots s'étaient taris.

Il prit dans le placard la bouteille de cognac entamée et but une gorgée au goulot. La brûlure de l'alcool le sauva du naufrage.

11

L'adjudant Joseph Montellon, flanqué du gendarme Félicien Garnier, effectuait les constatations en compagnie de Bertrand Larivière. Sa plainte donnait lieu à une enquête. Il les avait d'abord conduits au champ de blé dévasté. Sur une vaste étendue, les tiges jonchaient le sol. Les épis étaient inutilisables, la récolte perdue. Il s'agissait d'un préjudice important.

— Au début, j'ai mis en cause les sangliers, expliqua Bertrand. Les chasseurs m'ont assuré qu'ils proliféraient. On n'en tue pas assez. Les paysans s'en plaignent.

— Ce n'est pas possible, dit l'adjudant. Pour réaliser de tels dégâts, il faudrait des dizaines de sangliers. On n'a jamais vu ça.

— Aussi ai-je éliminé cette hypothèse.

— Il s'agit plutôt d'actes de malveillance. Quelqu'un a voulu vous nuire.

— D'autant qu'il y a eu l'arrachage et le vol de mes oliviers.

Ils allèrent à l'olivaie. A l'emplacement des arbres s'ouvraient de gros trous. L'adjudant Montellon et le gendarme Garnier les observèrent minutieusement. La terre fraîchement remuée ne comportait pas d'indices. Les plaies béantes se taisaient sur l'origine du mal.

L'adjudant Montellon, fils de paysans, ne supportait pas ce spectacle. On avait blessé la terre. On avait saccagé la mère nourricière. Qu'une telle idée ait pu germer dans la tête d'un homme d'ici était à peine croyable. Il fallait pourtant se rendre à l'évidence. Le crime s'étalait sous ses yeux.

L'adjudant imagina le désarroi de ses parents si une telle chose leur advenait.

— On découvrira le salaud qui a fait ça, promit-il.

— Il n'était sans doute pas seul, ajouta le gendarme Garnier. Ceci n'est pas le fait d'un seul homme.

— A moins d'être Hercule, fit Bertrand pour détendre l'atmosphère. Mais il est passé par là il y a trop longtemps pour être accusé.

L'adjudant reprit la balle au bond.

— Vous croyez que les dieux vous en veulent ?

— Je les ai beaucoup négligés au cours de ma vie.

Bertrand se lança dans une explication confuse. Il parla de l'Indochine, de son séjour dans ce pays si différent de la campagne provençale. Le préjudice subi pouvait être la conséquence de son exil asiatique. La campagne se vengeait de son absence, d'avoir été négligée, oubliée.

— Je ne vois pas le rapport, fit l'adjudant dubitatif.

Il l'interrompait parfois d'une question. Les propos du docteur Larivière donnaient à réfléchir. Peut-être existait-il un lien entre l'aventure indochinoise du plaignant et les déprédations causées. Quelqu'un lui en voulait. C'était sûr. Il obéissait à des mobiles importants pour se livrer à de tels excès.

Cependant, aucune piste ne s'amorçait. L'adjudant Joseph Montellon pariait que Bertrand n'avait pas tout dit. Il cachait quelque chose. Pour quelle raison ?

Les effusions de Lan et de la nounou saluèrent le retour du docteur Larivière à Hanoi. La petite avait grandi et embelli. Les enfants changeaient vite à cet âge. Il en éprouva de la fierté. Il complimenta la nounou et la récompensa d'une somme d'argent.

— Je suis très satisfait, dit-il. Vous vous êtes bien occupée de Lan.

Il tendit l'enveloppe contenant les billets. La nounou s'inclina et prit la gratification.

— Je n'ai fait que mon travail, monsieur.

— A-t-elle été sage ?

— Elle a beaucoup pleuré, monsieur.

Il se tourna vers la petite fille. Il avait écrit à Baptiste Brigoule pour l'informer de son retour définitif. Il lui demandait de préparer la bastide.

— Lan, je promets de ne plus te quitter. Tu n'auras plus jamais de peine. Bientôt, nous irons en France.

Le lendemain, il entamait les démarches pour faire valoir ses droits à la retraite. N'ayant pas utilisé toutes ses permissions, le reliquat l'autorisait à partir plus tôt et à gagner plusieurs semaines de liberté.

L'expérience indochinoise arrivait à son terme. Elle représentait la période principale de son existence. Il en rapporterait des souvenirs et surtout une enfant. Il avait maintenant hâte d'en finir. Huit mois de service actif restaient à accomplir.

A quelque temps de là, une lettre du palais de justice le convoqua au bureau du président Léon Bavasson, qui suivait l'affaire de l'adoption. Le docteur Larivière présentait toutes les garanties. Il disposait de moyens financiers importants, bénéficiait d'une réputation honorable. L'enquête de moralité était favorable.

Le magistrat l'accueillit avec le sourire.

— J'ai de bonnes nouvelles, dit-il.

— L'affaire avance ? demanda Bertrand, l'air soucieux.

— Vous recevrez bientôt les papiers officiels.

La joie inonda Bertrand. Il pouvait partir légalement avec Lan, devenue Bénédicte. Elle porterait désormais le nom de Larivière. Elle bénéficierait de tous les droits d'une enfant légitime.

Il annonça la nouvelle à sœur Clotilde, qui l'en félicita.

— C'est une enfant très agréable, intelligente et travailleuse. Elle obtient de bons résultats. Elle mérite d'être heureuse.

— C'est mon vœu le plus cher, répondit Bertrand. Bénédicte ne manquera de rien, ni matériellement ni affectivement.

— Vous retournez en France ?

— Oui.

— Vous possédez une bastide en Provence, je crois.

— Une maison de famille pleine de souvenirs.

— Avez-vous pensé au nouveau déchirement que ce départ occasionnera chez votre enfant ?

— Je suis atteint par la limite d'âge. Impossible de faire autrement.

— Pourquoi ne pas continuer à vivre ici ? Vous avez vos habitudes, des amis. Bénédicte est dans son élément.

— Je vous entends, ma sœur, répliqua le docteur Larivière. Mais, une fois retourné à la vie civile, ma situation changera. Cela me préoccupe. J'ai besoin de prendre de la distance, de respirer un autre air, celui de mon pays. La Provence est une belle région. Bénédicte l'aimera.

— Avez-vous pensé à son éducation ? Chez nous, elle a bien commencé. Il faut éviter des épreuves qui compromettraient ses études.

Pris de court, il hasarda :

— J'aviserai sur place.

Sœur Clotilde le regarda en hochant la tête.

— Une de mes amies dirige une institution semblable à la nôtre aux environs d'Aix-en-Provence. Je vous confie un mot à son intention, au cas où vous en auriez besoin. Demandez de ma part sœur Geneviève.

En ce jour de 1935, l'heure du départ avait sonné. Le *Ville-d'Angers* était à quai. Des passagers commençaient à monter à bord. L'équipage s'affairait.

Le docteur Larivière serra chaleureusement la main du commissaire Pierre Villani.

— Nous reviendrons vous voir, promit-il.

— Nous habitons au bout du monde ! soupira Villani.

Il ne reverrait plus le toubib ni sa filleule.

— Peut-être aurez-vous l'occasion de venir en France, dit Bertrand. La maison est grande. Je peux vous loger.

Le commissaire esquissa un geste vaguement fataliste. Il n'y croyait pas.

— Si Dieu le veut, ajouta sa femme.

Ils étaient sur le quai noir de monde, en compagnie de Louis Bergame et de sœur Clotilde. L'abbé Cassanière venait de les rejoindre.

A l'écart, un petit groupe d'indigènes attendait. Ils exprimaient leur reconnaissance et leur respect au bon docteur.

Bertrand, Bénédicte et la nounou montèrent à bord du *Ville-d'Angers*, paquebot des Messageries maritimes qui les acheminerait à Marseille après plusieurs semaines de navigation.

Bénédicte donnait des signes d'inquiétude. L'immense bâtiment l'impressionnait. Et aussi la foule des passagers, le mouvement des marins en manœuvre, le brouhaha, les cris. Elle serrait craintivement la main de sa nounou, qui la réconfortait de son mieux.

Quand la sirène retentit, elle éclata en sanglots.

Deuxième partie

LE DOMAINE DE SAUVETERRE

12

Sur la table de chevet de Bertrand trônait le portrait de sa mère dans un cadre en argent. C'était une belle femme de type provençal, avec une épaisse chevelure noire ramenée en chignon sous la coiffe de dentelle blanche, des yeux clairs, le nez droit, la bouche bien dessinée. Elle arborait le port altier des Arlésiennes. Les femmes de cette région ont de la race. Qu'elles soient du monde ou du peuple, on les reconnaît à leur allure aristocratique. Ce sont les descendantes des patriciennes et des matrones romaines.

Bertrand admirait sa mère. Il pensait à elle avec ferveur. Il regrettait de lui avoir causé du chagrin en embrassant une carrière qui les séparait. Il avait rompu le cordon ombilical de belle façon. Sa vie était en jeu. Cela n'avait rien à voir avec l'amour filial. Il avait répondu à l'appel du large.

Il contempla le portrait pendant quelques instants comme s'il l'interrogeait. Il le faisait lorsqu'il avait un problème à résoudre. Un conseil de l'au-delà serait le bienvenu. Il avait déçu Odile en ne se mariant pas, en la privant de petits-enfants. L'adoption de Bénédicte le rachetait. Odile n'était malheureusement plus de ce monde.

Bénédicte avait grandi. Elle allait fêter ses douze ans. Après les déboires de l'école communale, Bertrand s'était souvenu des conseils avisés de sœur Clotilde. Il conservait sa lettre d'introduction. Il s'en était servi.

Les choses s'étaient déroulées selon ses prévisions. Bénédicte avait été admise à l'institution, où elle n'avait eu à souffrir d'aucune brimade. Elle s'était rapidement intégrée. Elle s'était fait des amies.

A partir de cet instant, elle s'était épanouie physiquement et moralement. Le milieu dans lequel elle évoluait favorisait son développement. Elle réussissait dans ses études. Elle s'intéressait particulièrement aux sciences. Elle possédait des dons réels en mathématiques.

Bertrand discutait souvent avec elle. Il répondait à ses questions incessantes. Elle déployait une vive curiosité et enregistrait des notions très au-dessus de son âge. Les entretiens avec ses professeurs confirmaient les observations de Bertrand. Elle promettait. Chacun reconnaissait en Bénédicte un très bon élément. Elle raflait les prix et faisait honneur à l'institution.

Elle apprenait à grandir. Assister à cette transformation de l'enfant à la fillette, de la fillette à l'adolescente puis de l'adolescente à la femme éblouissait Bertrand. Il n'imaginait pas que les choses se dérouleraient de la sorte. Il était fier de Bénédicte. Il évitait d'en parler pour ne pas flatter son amour-propre. Il souhaitait qu'elle demeure simple et naturelle.

Un jour qu'elle feuilletait un livre de botanique, examinant les planches avec attention, il demanda :

— Tu t'intéresses aux plantes ?

— Beaucoup. J'aime aussi les insectes.

— Voudrais-tu être professeur ?

— Non. Je ne choisirai pas ce métier.

— Tu as une autre idée ?

Elle hésita.

— Oui.

— Que voudrais-tu faire ?

— Médecin. Comme toi.

La réponse émut Bertrand. Il la regarda affectueusement.

— C'est difficile. Les études sont longues.

— J'y arriverai, dit-elle d'un ton déterminé.

— D'où te vient cette idée ? demanda-t-il bêtement.

— De toi.

— De moi ? s'étonna-t-il. Je n'en ai jamais parlé.

— Non, mais tu es médecin. Je t'ai observé. Ce que tu fais, je veux le faire.

— Soit. Nous en reparlerons plus tard.

Il avait influencé Bénédicte. Cela le flattait. La profession se féminisait. Elle comptait déjà un certain nombre de doctoresses soutenant la comparaison avec leurs confrères masculins. Bénédicte était encore jeune. Son choix pouvait être modifié. Six ans d'études la séparaient encore du baccalauréat. Tiendrait-elle jusque-là ?

Et lui, parviendrait-il à l'accompagner ? Il se sentait vieux. Nous étions en 1941. La France avait été vaincue. Il avait assisté avec une tristesse infinie à la débâcle. Tout ce qu'il aimait s'était effondré. Peut-être aurait-il mieux fait de ne pas quitter l'Indochine.

Mais des nouvelles alarmantes provenaient de la colonie. Elle subissait les assauts des troupes japonaises tandis que la métropole subissait ceux des Allemands. L'empire était pris en tenaille. Il n'avait plus la force de résister. Les premiers coups de boutoir des panzers l'avaient vidé de son énergie.

La Wehrmacht occupait les trois cinquièmes du pays, au nord de la ligne de démarcation. Les drapeaux à croix gammée flottaient sur Paris. On avait sorti de la naphtaline un vieux maréchal valétudinaire qui commençait à plus de quatre-vingts ans une carrière de dictateur. Le gouvernement, après avoir fui à Bordeaux, était à Vichy, où il gérait les affaires de l'Etat dans des hôtels pour curistes. Le thermalisme ne pouvait pas guérir les maux dont souffrait le pays.

Le docteur Larivière suivait assidûment les informations, qui n'apportaient jamais que de mauvaises nouvelles. Encore habitait-il une région préservée où les secousses de la guerre étaient parvenues affaiblies, en bout de course, comme les vagues épuisées venant mourir sur la plage.

Depuis l'armistice, la tourmente avait cessé. La peur qui avait jeté des millions de gens sur les routes s'était apaisée. Mais quantité de réfugiés demeuraient là où le hasard les avait conduits. Le cauchemar s'était installé. Quand on vivait à l'intérieur du cauchemar, on n'imaginait pas en sortir un jour.

Il discutait souvent des événements avec Jules Garriguié. Ils partageaient la même vision pessimiste de l'avenir. Le ravitaillement posait des problèmes insolubles. Le marché noir prospérait. Chacun gérait la pénurie avec les moyens du bord.

Ce jour-là, Jules déposa sur la table du salon un sac contenant des victuailles. Il alimentait Larivière grâce à ses propres circuits. Ses connaissances dans le milieu agricole s'avéraient fort utiles en période de disette.

— Nous ne sommes pas au bout de nos peines, soupira-t-il en s'asseyant pesamment dans un fauteuil à oreilles.

— Nos compatriotes du Nord souffrent davantage, observa Bertrand. Nous sommes mieux lotis.

— Je n'attends rien de bon. La ligne de démarcation est une fiction.

— Des accords ont été signés.

— Les accords sont des chiffons de papier. Tu as vu ce que Hitler en fait ? Je te le dis, nous sommes en liberté surveillée. Au premier prétexte, les Allemands envahiront la zone sud. Ils ne font pas confiance aux Italiens.

— Nous sommes un peuple asservi. Nous n'y pouvons rien.

Jules serra les dents.

— Il faut résister, dit-il en pesant ses mots. Je sais que certains s'organisent pour continuer le combat.

— Il est perdu d'avance. Une poignée d'hommes contre une armée ! Ce serait du suicide.

— Pense à Bénédicte.

— Justement, elle a besoin de nous.

— Quel avenir préparons-nous à nos enfants ? Celui de vivre sous le joug ?

— Nous sommes trop vieux, soupira Bertrand.

Bertrand Larivière avait aménagé une dépendance pour Bénédicte. Ce serait son domaine privé. Il avait rassemblé là les souvenirs rapportés de Hanoi, des objets asiatiques, des photographies, des cartes postales, un bouddha de bronze, de la vaisselle en porcelaine peinte de motifs exotiques. Conformément aux conseils de son ami Jules, il avait organisé une ambiance indochinoise à l'intention de sa fille. Elle viendrait se ressourcer là à sa guise. Il avait même prévu un lit où, à la belle saison, elle pourrait dormir.

Les efforts de Bertrand n'avaient pas obtenu les résultats escomptés. La pièce n'attirait pas Bénédicte. Elle y pénétrait rarement. Au lieu de se féliciter d'avoir un coin à elle, elle ressentait cela comme une sorte d'exclusion. On la mettait à l'écart. Elle n'acceptait pas de s'éloigner de la bastide, où la vie familiale se déroulait. La nounou avait sa chambre à l'étage, à côté de la sienne. Bertrand couchait au rez-de-chaussée, près de son bureau.

Bénédicte préférait fouiner dans le bâtiment principal. Elle admirait des trésors d'artisanat provençal, des tableaux de paysagistes locaux, des gravures, des objets façonnés par des gens de la région. Elle se les appropriait et, ce faisant, elle pénétrait mieux l'âme de sa terre d'adoption. Sans qu'elle en fût clairement consciente, cela la rapprochait aussi de Bertrand. Cette raison secrète était certainement ce qui la poussait.

Dans le bureau de Bertrand, occupé jadis par son père Lucien, une grande affiche vivement colorée rappelait une corrida dans les arènes d'Arles. Lucien était un aficionado et Odile, une Arlésienne ayant des racines camarguaises. Ils connaissaient la bouvine, avaient des amis manadiers. Ils leur rendaient visite pour le ferrage des jeunes taureaux ou les *abrivados*. Leur cœur battait quand les gardians accompagnaient au galop le lâcher des fauves pour les conduire au mas.

Cela intriguait Bénédicte. Elle suppliait Bertrand de raconter des histoires de cette époque, qu'elle écoutait en buvant ses paroles. Elle brûlait d'assister à une course de taureaux.

— Papa, quand m'emmèneras-tu à Arles ?

— Tu es encore trop jeune. Ce n'est pas un spectacle pour une fillette.

— Pourquoi ?

— C'est trop violent.

— Plusieurs de mes amies y sont allées et ça leur a plu.

— N'insiste pas, Bénédicte. Nous en reparlerons plus tard.

Elle rêvait de l'homme en habit de lumière dansant sur le sable doré des arènes, des accents entraînants de la fanfare, de la foule turbulente et bigarrée, de ses *Viva ! Viva !* hurlés par mille bouches.

Bertrand sortait pour calmer son enthousiasme un album de photographies qu'elle feuilletait avec ravissement. Il n'avait pas vu une corrida depuis l'adolescence. Il n'en gardait pas un souvenir ébloui. L'engouement de sa fille pour ce spectacle sanglant le surprenait. Rien dans ses gènes ne la prédisposait à aimer cela.

Lui avait rompu avec la tradition. Les arènes ne l'attiraient pas. Ce n'était pourtant pas une simple tradition. C'était quelque chose de vivant, de profondément ancré dans cette terre. Il suffisait de voir les spectateurs en liesse pour s'en convaincre, les rues animées par la foule dansant, buvant, chantant dans une vraie fête populaire.

Bertrand restait réticent. Lucien n'eût pas été heureux de voir son fils unique mépriser ses goûts et, à travers lui, l'âme de sa chère Provence. Car des corridas, il ne s'en produisait pas seulement à Arles, Nîmes ou Maussane. Il y en avait aussi à Marseille et jusqu'à Fréjus. Elles exprimaient une réalité puissante, pas du folklore, cette enveloppe vide conçue pour le plaisir factice des étrangers.

A part la couleur de sa peau et ses yeux bridés, Bénédicte se considérait comme une jeune Provençale. Elle n'utilisait même plus le prénom de Lan, qui la reliait à un passé viscéralement rejeté. Elle revendiquait celui de Bénédicte. Elle parlait avec l'accent du Midi, utilisait des régionalismes, connaissait des rudiments de provençal.

Cette métamorphose s'était opérée en quelques années. Elle n'avait pas suivi l'itinéraire prévu. Bertrand n'était pas déçu. L'adhésion de sa fille adoptive à la Provence flattait sa fierté. Elle améliorait ses chances de réussite. D'autant qu'elle ne s'attachait pas à la Provence par décision ou pour faire plaisir à son père, mais par amour.

La Provence l'avait conquise. Elle était entrée en elle progressivement. Rien d'artificiel ne mettait en doute son sentiment d'appartenance. Tout se passait comme si elle n'était pas née au Tonkin mais au pied de la Sainte-Victoire. Sa seconde patrie était devenue la première. Quand Bertrand parlait de l'Indochine, de Hanoi, du fleuve Jaune, son discours ne la concernait pas. Elle avait oublié ces choses et n'aspirait pas à les retrouver.

Les manifestations de la guerre ne la troublaient pas davantage. Rien ne changeait à ses yeux. Bertrand et Jules Garriguié la protégeaient. Ils déployaient des trésors d'ingéniosité pour rapporter du ravitaillement à la bastide, où la nounou s'occupait aussi de l'intendance. Maintenant que Bénédicte avait grandi, elle ne nécessitait plus la même attention. Bertrand pouvait se passer des services de la nourrice. Il lui proposa de rentrer chez elle. Elle déclina son offre. A Sauveterre, elle vivait bien. Elle n'avait pas envie de retourner au pays, même si, de temps en temps, elle traversait une période de nostalgie.

Bertrand Larivière la mit à l'aise.

— Si vous voulez partir, je vous donnerai l'argent du voyage. Mais je ne vous chasse pas. Nous aurons toujours besoin de vous. Vous faites désormais partie de la maison. Quelle que soit votre décision, je ne m'y opposerai pas.

— Alors, gardez-moi avec vous.

13

La vie à Sauveterre avait beaucoup changé. L'épisode de Baptiste Brigoule était oublié. L'adjudant Joseph Montellon avait mené rondement son enquête. Bertrand avait dû revenir sur sa décision de ne pas poursuivre en justice son ancien homme de confiance. L'adjudant était un fin limier. Il l'avait flairé, Bertrand détenait la clé de l'énigme. Celui-ci avait fini par céder après que l'adjudant eut creusé cette piste. Il l'avait interrogé souvent. Il posait des questions apparemment anodines et procédait à des recoupements qui, peu à peu, confirmaient son intuition. Il existait une sorte de complicité entre le plaignant et le coupable. Le premier faisait volontairement écran pour protéger le second. Dans ces conditions, pourquoi avoir porté plainte ? Attitude incompréhensible. Or, l'adjudant Joseph Montellon avait un énorme défaut : il voulait comprendre. De là son acharnement. Lorsqu'il trouvait une piste, il ne la lâchait pas. Il allait jusqu'au bout.

L'enquête prit moins de six mois. Le docteur Larivière, las des visites de l'adjudant, décida de parler. Sa conscience s'en trouva libérée. Il se sentit plus léger. L'adjudant le regarda d'un air dubitatif.

— Je ne comprends pas vos motivations, dit-il.

— Je venais d'arriver. Je ne voulais pas commencer par me faire un ennemi.

— C'est plutôt réussi ! ironisa le gendarme. Vous avez obtenu l'effet contraire.

— Malgré ses malversations, j'avais une dette envers lui. Il a bien géré le domaine pendant mes trente ans d'absence. Ce n'est pas rien. Même s'il s'est servi. J'ai voulu passer l'éponge, le renvoyer sans intenter un procès. J'espérais de la reconnaissance.

— Vous vous trompiez lourdement. Je vais retrouver ce Baptiste et le cuisiner.

Bertrand Larivière avait informé le gendarme des conditions dans lesquelles Baptiste avait été licencié. Il avait donné son signalement et indiqué son domicile. A sa connaissance, Baptiste Brigoule n'avait pas déménagé.

— Ce n'est pas maladroit de sa part, commenta l'adjudant. C'est une personnalité locale. Tout le monde le connaît. S'il avait brusquement quitté le pays, il aurait éveillé des soupçons. Les gens se seraient interrogés sur les raisons de son départ précipité. Ils auraient mis le nez dans ses affaires. Il a préféré faire le mort, ne rien changer à ses habitudes.

Un matin d'octobre 1936, Baptiste Brigoule fut arrêté à son domicile. Il joua l'étonnement, protesta de son innocence, mais n'opposa aucune résistance. Il fut placé en garde à vue. Soumis à la pression incessante des enquêteurs, il craqua.

Quelques heures suffirent pour vaincre sa résistance. Il reconnut les faits et signa sa déclaration. Bertrand ajouta à sa plainte initiale les accusations de faux et usage de faux, malversations, vols.

Au fur et à mesure que les chefs d'accusation tombaient sur lui, la haine croissait chez Baptiste. Il ne maîtrisait plus ses pulsions. Il enrageait intérieurement, prêt à sauter à la gorge de Bertrand, à le tuer. Mais, pour le coup, la justice s'occupait de lui. Il était dans les griffes des juges. Ils ne le lâcheraient pas de sitôt. Il allait payer sa dette.

Il passa donc en jugement. Les charges accumulées contre lui étaient nombreuses. Malgré le zèle de son avocat, maître Emile Cornille, il écopa de huit mois de prison ferme assortis d'une forte amende. Il purgea sa peine aux Baumettes, vendit sa maison pour payer l'amende, et quitta le pays. On n'en entendit plus parler.

Bertrand ensemença de nouveau le champ de blé, replanta les oliviers, et la nature recouvra toute sa vitalité. Les brumes de l'oubli enveloppèrent le souvenir de Brigoule.

Il fallut donner un successeur au régisseur indélicat. Bertrand ne savait pas comment ni où dénicher l'oiseau rare. Il assurait tant bien que mal les affaires courantes. Ce n'était cependant pas son métier. Il commettait des erreurs par ignorance qui entraînaient des conséquences préjudiciables. La situation ne pouvait durer.

Il voulait quelqu'un présentant des références incontestables. Les hommes d'expérience remplissant ces conditions étaient déjà employés. Faire appel à un débutant comportait des risques. Mais nécessité faisait loi. S'occuper seul d'un domaine aussi vaste et varié que Sauveterre s'avérait au-dessus de ses forces. Il allait tout droit à la faillite. Une fois de plus, il recourut aux conseils de Jules.

— Je vois bien que tu ne peux continuer comme ça. Tu cours à ta perte. Je t'observe. Tu patauges dans la boue.

— J'ai besoin de ton aide.

— Je ne connais rien à l'agriculture. Moi, sorti de mes livres...

— Tu as des relations. Je te fais confiance pour dénicher un homme capable d'assumer cette fonction.

— Je vais voir ce que je peux faire. Je ne te promets rien.

— Je suis à bout de ressources, Jules. Si je ne trouve pas très vite un régisseur compétent pour me sauver de cette mauvaise passe, je serai obligé de céder les champs en fermage, ou de démembrer le domaine pour vendre des parcelles jusqu'à ce que je me renfloue. Je ne serai plus maître chez moi. Ce sera comme si je trahissais les ancêtres, ceux qui m'ont légué ces terres. J'en ai gros sur le cœur.

— Ce n'est pas parce que Baptiste était un vaurien que tous les autres lui ressemblent, observa Jules. Il y en a des centaines qui travaillent sans problèmes dans les exploitations de France et de Navarre.

— Je n'ai plus confiance en personne.

— C'est injuste.

— Je ne peux pas m'empêcher d'être soupçonneux. Chat échaudé craint l'eau froide.

— Laisse de côté la sagesse populaire. Elle ne se fonde jamais sur du solide, et les temps changent. Ce ne sont plus les mêmes conditions. Aujourd'hui, tu es sur place. Tu peux contrôler.

Jules Garriguié se mit donc en quête d'un régisseur pour son ami. Il consulta plusieurs propriétaires terriens qui ne purent lui venir en aide. Il sollicita des directeurs d'écoles d'agriculture. Elles formaient surtout des exécutants, des techniciens, des ouvriers spécialisés.

Ces hommes ne seraient pas au niveau des responsabilités promises par Bertrand. Ils étaient faits pour obéir, pas pour commander. Il fallait trouver quelqu'un justifiant de bonnes études supérieures, un ingénieur, ou un homme qui, tout en s'étant formé sur le tas, offrait toutes les garanties. Cela avait été le cas de

Baptiste Brigoule, dont la malhonnêteté et la cupidité avaient tout gâché.

La période d'incertitude se prolongea jusqu'à l'été 1937. Dans l'impossibilité de gérer correctement le domaine, Bertrand Larivière laissait la bride sur le cou aux ouvriers agricoles qui travaillaient pour son compte, certains depuis des années. Ils faisaient de leur mieux. Ce n'était évidemment pas assez. On ne pouvait pas leur demander l'impossible. Ils étaient ce qu'ils étaient. On ne pouvait pas transformer un percheron en pur-sang.

Bertrand Larivière envisagea de liquider ses biens. Il ne garderait que la bastide. L'idée de reprendre une activité de médecin l'effleura un moment. Ce n'était pas une question d'argent. Il en avait assez pour subvenir à ses besoins et même assurer le superflu. Seulement, il s'ennuyait. Le contact avec les malades lui manquait. Il voyait en cela un dérivatif utile. Il rendrait service à la clientèle rurale. On avait toujours besoin d'un docteur à la campagne. Médecin de campagne après avoir été médecin militaire, la perspective le séduisait.

La situation ne se prêtait pas à tenter de nouvelles aventures à cinquante-sept ans. Le moral des Français était au plus bas. Au mois d'août, le franc avait été dévalué. De terribles nouvelles provenaient d'Allemagne. De mauvais augures affirmaient que la paix était fragile, qu'une guerre se préparait, et que ce serait la catastrophe. La plupart des gens vivaient cependant comme s'ils n'y croyaient pas. Ils ne changeaient rien à leurs habitudes. Bertrand les imitait.

Jules Garriguié, plus avisé, exhortait à la prudence.

— Tu crois à ces bruits de bottes ? demanda Bertrand.

— Je les entends.

— Allons ! Crois-tu le monde assez fou pour se lancer dans un nouveau conflit ?

— Si tu veux mon avis, nous devons nous y préparer.

Ils s'étaient retrouvés à Aix, sur la place de l'Hôtel-de-Ville, où se tenait le marché aux légumes. Les étals des marchands des quatre-saisons occupaient l'espace. Une symphonie de couleurs et d'odeurs éclatait, une palette d'art brut, le rouge intense des tomates, le violet vernissé des aubergines, le vert tacheté des courgettes, les poivrons au ventre renflé, le céleri, le blanc grumeleux des petits choux-fleurs bien pommés, les poireaux à la tête ébouriffée.

Et puis toutes les variétés de fruits présentés en tas ou dans des cagettes de bois, les abricots, les pêches, les cerises, les amandes, les fraises. On mangeait la Provence des yeux. On la humait en dilatant les narines. En se promenant devant les marchands ambulants, on était pénétré d'odeurs. On passait des senteurs du thym à celles du basilic, de la menthe aux oignons, de l'ail au romarin. Et tout cela chantait, chantait dans le grésillement de l'été.

Quand un tel spectacle s'offrait au regard, avec cette profusion, cette débauche, comment redouter l'avenir ?

Ils étaient à la terrasse du bar Frédo et observaient le va-et-vient des chalands. Bertrand Larivière était venu à Aix pour rencontrer l'imprimeur Victor Gélude, qui acceptait d'imprimer son livre à cent exemplaires. Le devis paraissait raisonnable.

L'artisan n'exécuterait pas les travaux tout de suite, son carnet de commandes étant plein pour trois mois. Bertrand patienterait. Cela ne le gênait pas. La parution de son bouquin ne revêtait pas un caractère d'urgence. Il avait posé le point final récemment. Le manuscrit ne comptait que cent vingt pages. Il en était satisfait. Ce n'était pas la quantité qui assurait de la valeur.

Il éprouvait quelque fierté à l'avoir achevé. Au début, il doutait d'avoir la force de mener ce projet à son terme. Novice en la matière, il s'était heurté à beaucoup de difficultés pendant la rédaction. Le manuscrit une fois relu et corrigé, il estima qu'il tenait la route et courut chez Victor Gélude.

Dans sa jeunesse, Victor avait eu l'occasion de séjourner plusieurs semaines dans le sud de la péninsule indochinoise, à Saigon. Cela leur fournit un sujet de conversation. Ils comparèrent leurs souvenirs et entrèrent en sympathie. Bertrand avait modifié le titre de son livre. Il avait finalement opté pour *Médecin des terres jaunes*, plus poétique et évocateur.

En sortant de chez l'imprimeur, il descendit la rue de Saporta en direction du cours Mirabeau. Peu après la cathédrale Saint-Sauveur, il rencontra Jules Garriguié, qui venait en sens inverse.

— Ah ! fit Jules en lui serrant la main. Tu tombes bien. J'ai à te parler.

— Allons sur la place.

— C'est jour de marché. Nous ne trouverons pas une table de libre au bistrot.

— Nous attendrons qu'il s'en libère une.

Finalement, ils purent s'installer à la terrasse, à la grande satisfaction de Bertrand, qui redécouvrait avec bonheur les usages de son pays. Il se sentait parfaitement bien. Pourquoi l'avait-il abandonné pendant les meilleures années de son existence ? Où pouvait-on être mieux qu'ici ?

— Je t'ai trouvé un Italien, dit Jules.

— Un Italien ? fit Bertrand interloqué. Pour quoi faire ?

— Pour s'occuper de tes terres, pardi ! Son père est maçon, natif du Piémont. Il a effectué des travaux chez moi. C'est un homme honnête, dur à la tâche. Installé en France depuis une dizaine d'années, il a fait son trou. Il a créé une petite entreprise de maçonnerie qui marche bien. Il a trouvé ici son lopin de terre promise.

— Parle-moi plutôt du fils.

— J'y viens.

— Tu sais que je n'ai nul besoin d'un artisan maçon.

— Fabio Vincentelli est ingénieur des travaux agricoles. Il a été élevé par sa mère, restée au Piémont. Il a fait ses études en Italie. Aldo, son père, lui a vanté la région. Il a décidé d'y tenter sa chance à son tour.

— Tu l'as vu ?

— Oui. Aldo me l'a présenté. C'est un garçon avenant, sérieux, intelligent. Il m'a fait la meilleure impression.

— Quel âge a-t-il ?

— Trente ans. Ce n'est plus un débutant.

— Parle-t-il le français ?

— Il ne se débrouille pas mal. Il est capable de s'améliorer rapidement. Ta proposition l'intéresse.

— Amène-le. Il faut que je le rencontre et que nous parlions.

Le soutien de Jules plaidait en faveur du jeune Italien.

— Quand veux-tu le voir ? demanda Jules.

— Le plus tôt possible.

A la bastide, Bénédicte vivait comme une petite sauvageonne. Quand elle n'étudiait pas à l'institution Sainte-Véronique, où elle était demi-pensionnaire, elle évoluait dans le domaine en toute liberté. Bertrand n'exerçait qu'un contrôle relatif. La nounou gardait un œil sur elle, mais elle avait beaucoup perdu de son autorité. Bénédicte, éprise d'indépendance, n'obéissait plus et regimbait. Elle exploitait l'affection que lui portait la nourrice pour l'amener à faire ses quatre volontés.

Bertrand écoutait sans réagir les doléances de son employée, complètement dépassée. Elle ne maîtrisait plus le comportement de l'enfant. Elle ne savait plus quel rôle jouer tant Bénédicte lui échappait chaque jour davantage. Elle espérait de son patron une aide qu'il répugnait à accorder.

Quand il s'agissait de sa fille, une étrange faiblesse le gagnait. Il croyait à tort qu'elle serait très malheureuse s'il sévissait. Il n'avait pas conscience de mal agir. L'idée de la brusquer, voire de la mécontenter, lui était odieuse. La tolérance excessive ne contribuait pas à une bonne éducation. S'il persistait dans cette voie, il ferait le malheur de sa fille alors qu'en bonne conscience, il espérait le contraire.

Jules – toujours lui – l'en avertissait. Mais il n'entendait pas ses arguments.

« En vérité, mon pauvre Bertrand, tu es un égoïste. Tu aimes Bénédicte pour toi, pas pour elle.

— Comment oses-tu dire une chose pareille ! se récriait Bertrand.

— Parce que j'ai des yeux pour voir et que je crois ce que je vois. »

Les deux amis se chamaillaient souvent lorsqu'il était question de Bénédicte. Celle-ci, fine mouche malgré son jeune âge, jouait de cette opposition à son profit. Elle manœuvrait intuitivement, et cela marchait.

Donc, elle se promenait librement dans la propriété et s'enhardissait à en franchir les limites. Elle allait à la rencontre de l'inconnu. Elle ne gravissait pas encore les pentes de la Sainte-Victoire mais en explorait les abords. Elle s'appropriait les sentiers, les bosquets, les vignes, les petits ruisseaux souvent à sec, les fermes isolées. Cela constituait peu à peu son royaume.

Quelquefois, une camarade l'accompagnait. Quoique sauvageonne, elle tolérait Magali Destrousse, Jeanne Lestignac ou Sidonie Bertilde, ses meilleures amies. A l'institution, elles étaient inséparables. Elles se surnommaient les trois mousquetaires, qui, comme chacun sait, étaient quatre. Ensemble, elles écumaient la campagne. L'aventure se trouvait à portée de la main.

14

Fabio Vincentelli se présenta au docteur Larivière. Ses diplômes, ses certificats incitaient à prendre sa candidature en considération. L'appui de Jules Garriguié fonctionnait comme un sésame. Bertrand était favorablement prévenu. Il l'accueillit dans les meilleures dispositions. De plus, il ne pouvait pas faire la fine bouche. Il avait impérativement besoin d'un régisseur.

Ce grand garçon brun aux yeux bleus, avec un regard franc et direct, inspirait confiance. Bertrand le trouva immédiatement sympathique. De l'aspect purement professionnel, la conversation glissa vers des sujets généraux et privés. Cela permit de mieux connaître le postulant et de cerner sa personnalité. Son français était moins mauvais que Jules ne l'avait laissé entendre. Garriguié était un puriste.

— Depuis quand êtes-vous en France ? demanda Bertrand.

— Huit mois. Je suis arrivé le 10 mars 1937.

— Et depuis cette date, vous n'avez pas trouvé de travail ? s'étonna Bertrand.

— Rien de fixe. Je me suis contenté d'emplois provisoires, en attendant mieux.

— C'est votre père qui vous a demandé de venir en France ?

— Oui. Il a réussi. C'est un exemple pour moi.

— L'Italie ne vous manque pas ?

Le regard de Fabio Vincentelli se durcit. Ses mâchoires se contractèrent.

— Oh ! L'Italie... fit-il sans répondre à la question.

— Vous semblez troublé, insista Bertrand.

Après un court silence, Fabio dit d'une voix sourde de rage contenue.

— Je ne peux plus vivre en Italie.

Bertrand afficha sa perplexité. Pour quelle raison cet homme bien sous tous rapports ne pouvait-il plus vivre dans son pays ? Son exil était-il volontaire ou non ? Dans ce dernier cas, qu'est-ce qui l'avait incité à partir ? Il pensa à une histoire de famille, un désaccord, un différend. Peut-être sa mère était-elle morte et n'avait-il plus de famille. Il avait rejoint son père parce qu'il n'avait plus que lui. Il évoqua aussi un chagrin d'amour, une de ces profondes peines de cœur qui poussent à rompre les amarres.

Bertrand voulut en savoir davantage.

— Pardonnez mon indiscrétion, dit-il. Mais votre départ était-il ou non volontaire ? Je perçois quelque problème dans vos propos. Avez-vous eu des difficultés ?

Fabio Vincentelli haussa les épaules avec lassitude. Surmontant ses réticences, il parla.

— De toute façon, vous finirez par savoir. Autant dire les choses moi-même. Il faut que vous sachiez à qui vous avez affaire.

Il vit se rembrunir le visage de son futur patron et prit les devants.

— Rassurez-vous, je suis un homme honnête. Je n'ai ni tué ni volé. Je n'ai trempé dans aucune affaire louche. En France, on croit que tous les Italiens sont des mafieux.

— Telle n'est pas mon opinion.

— La vie en Italie devenait impossible à cause de la situation politique. Les fascistes noyautent tous les organes de la société. Nous vivons sous la botte. Moi, je suis un esprit libre, attaché à la démocratie. Je ne m'en cachais pas. C'était imprudent de ma part. On m'a fait comprendre que j'étais indésirable. Ou je rentrais dans le rang sans faire de vagues, ou j'allais au-devant de graves ennuis et je mettais ma famille en danger. Mon père m'a conseillé de venir le rejoindre.

Le docteur Bertrand Larivière, quoique homme de droite, détestait le fascisme et le nazisme. Mussolini et Hitler étaient à ses yeux de grotesques fantoches liberticides, des parvenus du pouvoir. Tous deux étaient issus de la gauche socialiste, dont ils avaient trahi les idéaux. La situation s'aggravait. Le 6 novembre, l'Italie avait adhéré au pacte anti-Komintern, dirigé contre les communistes. L'axe Rome-Berlin reliait les deux dictatures, ce qui ne laissait rien augurer de bon.

— Vous avez bien fait de partir, admit Bertrand. J'espère que vous trouverez ici votre place et que vous mènerez la vie qui vous convient. Vous avez laissé de la famille ?

— Ma mère et mes sœurs sont toujours à Turin. Je m'inquiète beaucoup. Là-bas, tout est possible. L'idée qu'elles pourraient subir les conséquences de mon départ m'accable.

— Qu'elles viennent s'installer ici.

— Ce n'est pas si simple, soupira Fabio. Mon père vit avec une autre femme. Il n'y a pas de place pour elles.

— Excusez-moi. Je me suis montré indiscret. Je me mêle de ce qui ne me regarde pas.

— Ne vous excusez pas. Cela m'a fait du bien d'en parler.

Bertrand Larivière se félicita d'avoir embauché Fabio Vincentelli. Il était travailleur, compétent, sérieux. Il avait très vite assimilé la composition et le fonctionnement du domaine de Sauveterre. Il avait trouvé ce qui n'allait pas. Il s'était mis sans tarder à l'ouvrage. Il apporta les modifications nécessaires pour rétablir la bonne marche de l'entreprise, épurer la situation, combler le retard accumulé depuis le licenciement de Baptiste. Il agissait avec discernement et efficacité. Il exerçait un véritable ascendant sur les ouvriers qui l'appréciaient et le respectaient.

Il logeait au domaine. Bertrand l'avait installé dans les dépendances, où il disposait de deux pièces aménagées confortablement à son intention. Ainsi était-il indépendant et organisait-il ses loisirs à sa guise.

Ce n'était pas un fêtard. L'argent qu'il gagnait, il l'économisait. Sans doute prévoyait-il l'avenir. De plus hautes ambitions l'animaient. Beaucoup de ses compatriotes, arrivés sans un sou en poche, avaient réussi à force de travail et de privations. C'étaient des exemples. Parmi eux, un certain nombre avaient pris la nationalité française. Ce n'était pas son cas. Il s'agissait là d'une décision trop grave pour être prise à la légère. Il n'avait pas le cœur à rompre avec sa patrie. Il ne trahirait pas le sang de ses ancêtres piémontais.

Fabio s'était pris d'affection pour Bénédicte. L'histoire de la fillette, racontée par Bertrand, l'avait touché. Pour lui aussi, elle était l'enfant qu'il n'avait pas eue. Quand il en avait le loisir, il lui expliquait les choses de la terre. Elle s'intéressait et comprenait vite. Ne s'agissait-il pas de son domaine ? Elle succéderait plus tard à son père adoptif. Elle hériterait de sa fortune. Si la dureté des temps n'entamait pas son patrimoine.

Or, l'horizon s'assombrissait. Les nouvelles parvenant d'Italie n'étaient pas bonnes. Fabio entretenait des relations constantes avec les milieux hostiles à Mussolini. Malgré les persécutions, il existait des réseaux qui combattaient pour la liberté. Sans être officiellement engagé, Fabio était un sympathisant. Il avait aidé à la cause. Raison pour laquelle il était fiché par la police fasciste.

Il voyait avec consternation son père évoluer dans le mauvais sens. Depuis qu'il avait une position sociale et de l'argent, Aldo atténuait ses critiques. Il trouvait même quelques mérites au gouvernement du Duce. Il avait sorti le pays de l'ornière, effectué de grands travaux, mis enfin de l'ordre.

Les rapports entre Aldo et Fabio s'étaient tendus. Lorsqu'ils se voyaient, ils abordaient inévitablement la question politique, au risque de se chamailler, chacun campant sur ses positions. L'opposition du père et du fils s'envenimait du fait des événements politiques récents.

Durant l'été 1938, les nazis avaient fomenté des troubles en Tchécoslovaquie et dans la région des Sudètes, où résidait une importante minorité allemande. Hitler voulait assurer son espace vital. Il avait successivement remilitarisé la Rhénanie, annexé l'Autriche et, pour satisfaire ses ambitions, rétabli le service militaire obligatoire, au mépris du traité de Versailles.

Le 30 septembre, Chamberlain et Daladier avaient signé avec Hitler et Mussolini, à Munich, des accords de capitulation. Ils croyaient avoir sauvé la paix, ils n'avaient que retardé la guerre en favorisant la préparation de leurs futurs ennemis. On avait parlé à ce propos d'un « Sedan diplomatique ». C'en était un. Il préludait à la débâcle.

L'inquiétude rongeait Fabio. Il redoutait le moment où, la situation empirant, il deviendrait aussi indésirable en France. Il devrait alors reprendre le chemin de l'exil et aller plus loin. Il songeait aux Etats-Unis. Il avait des cousins à Chicago. Il s'en ouvrit à Jules et à Bertrand, qui tentèrent de le rassurer.

— Nous avons frôlé la guerre, dit Bertrand. Mais nous avons sauvé la paix. Le pire a été évité.

— Pour l'instant. Tout le monde se félicite des accords de Munich, rectifia Jules. Nos compatriotes ne voient pas plus loin que le bout de leur nez. Ils accepteraient n'importe quoi pour préserver égoïstement leur tranquillité. Notre veulerie nous conduit à la catastrophe.

— Tu es un oiseau de mauvais augure. Tu vois tout en noir.

— Ce n'est pas de gaieté de cœur ! soupira Jules.

— Je partage le sentiment de Jules, intervint Fabio. De petites défaites en petites lâchetés, nous arriverons au bord du gouffre.

— Et nous tomberons dedans ! conclut Jules d'un ton sinistre.

— Nous n'en sommes pas là, fit Bertrand avec optimisme.

Il ajouta en direction de Fabio :

— Ne vous inquiétez pas. Ici, vous êtes en sécurité.

— Vous oubliez une chose, monsieur.

— Laquelle ?

— Je suis ressortissant italien. Mon père est naturalisé, pas moi.

— Qu'est-ce que ça change ? Si vous le souhaitez, vous pouvez faire votre demande.

— En ce moment, je doute d'obtenir satisfaction. Je suis suspect de tous les côtés. Du train où vont les choses, on me déclarera bientôt apatride, comme les Juifs d'Europe centrale.

Fabio Vincentelli n'avait pas d'autre solution que d'attendre. Il fallait vivre au jour le jour, sans voir les nuages menaçants qui s'amoncelaient au-dessus de sa tête. Chez Bertrand Larivière, il était heureux. Le patron le considérait et lui laissait des responsabilités. Son travail lui plaisait. Il réussissait.

Il lisait la presse avec angoisse. Les journaux ne comportaient que de mauvaises nouvelles. Les journalistes tentaient sans y parvenir d'édulcorer les informations pour complaire à leur public. D'un autre côté, ils savaient leurs lecteurs friands de drames. Celui qui couvait aurait une dimension sans commune mesure avec ceux qu'ils traitaient habituellement. On passait des faits divers aux faits historiques.

C'est à ce moment-là que Victor Gélude acheva d'imprimer *Médecin des terres jaunes*. Bertrand Larivière admira les premiers exemplaires. Il exprima à l'imprimeur sa profonde satisfaction. En même temps, il éprouvait une sorte d'angoisse, comme si venait de se produire, sous sa responsabilité, un événement irréversible. Une chose s'était produite et il n'y pouvait rien changer.

— J'éprouve une impression curieuse, confia-t-il à Victor Gélude. Ce livre m'appartient, je l'ai écrit, et c'est comme s'il ne m'appartenait pas. Je tiens dans mes mains un objet étranger, une sorte de monstre d'encre et de papier.

— C'est votre première publication, n'est-ce pas ? Ne vous inquiétez pas. Tous les écrivains connaissent ce genre de sentiment. Le livre imprimé ne leur appartient plus.

A cet instant, la sonnerie de la porte du magasin signala l'arrivée d'un client.

— Excusez-moi, dit Victor Gélude.

Un homme grand, corpulent, le front dégarni, avec de grosses lunettes cerclées d'or, venait d'entrer, un carton sous le bras. Victor s'empressa de le saluer.

— Bonjour, maître Ripert. Comment allez-vous ?

Au nom de Ripert, Bertrand Larivière leva les yeux de son livre et regarda le nouveau venu. Son esprit mit quelques secondes à accommoder, puis un sourire éclaira son visage. Il s'avança, la main tendue.

— Paul ! Ça alors, pour une surprise, c'est une surprise !

15

Maître Paul Ripert avait été le condisciple de Bertrand Larivière au lycée. A l'époque, ils étaient très liés. On les appelait « les inséparables ». Lorsque Bertrand s'était inscrit à Santé Navale, il avait quitté Aix-en-Provence pour étudier à Bordeaux, tandis que Paul suivait les cours de la faculté de droit, ce qui lui permettait de rester dans sa ville natale, où sa famille avait pignon sur rue.

Les Ripert constituaient une dynastie de robins, comptant des magistrats célèbres et de grands avocats. Toutes ces robes noires, échelonnées sur des générations, donnaient le tournis. Ces gens-là avaient déversé des torrents de salive dans tous les prétoires de la région pour alimenter une réputation justement méritée.

Bertrand se souvenait d'avoir un jour dit à Paul, pour le taquiner : « Tu n'es pas né d'un accouplement, mais d'un effet de manches ! » Ce qui avait failli lui coûter un œil au beurre noir, car, dans son adolescence, le futur avocat était susceptible et coléreux. Il lui arrivait de se battre comme un chiffonnier et de rentrer chez lui avec des plaies et des bosses. Ainsi se formait un ténor du barreau.

Les liens qui unissaient les deux jeunes gens s'étaient distendus par la force des choses, mais ils ne s'étaient pas oubliés. L'heureuse coïncidence qui les avait fait se retrouver chez l'imprimeur Gélude les comblait de joie. Ils avaient tant à se dire qu'ils ne savaient par quoi commencer.

— Tiens, dit Bertrand en tendant à son ami un exemplaire de *Médecin des terres jaunes*. Le premier sera pour toi. Je vais te le dédicacer.

— Qu'est-ce que c'est ?

— Mon premier bouquin, déclara Bertrand avec emphase.

— Dame, s'écria maître Ripert en feignant l'admiration, te voilà maintenant homme de lettres !

— Ce chef-d'œuvre est un concentré de ma vie, un maelström d'aventures, un parangon de sagesse, tu ne trouveras oncques drogue plus horrifique que celle-ci !

— Je vois. Tu ne changes pas. Vous autres, les médecins, vous ne pouvez pas vous passer de la veine rabelaisienne.

— Et de la dive bouteille ! Tiens, voilà ton livre, prends, et allons boire un coup.

— Si nous devons écluser pour tout le temps qui nous a séparés, nous ne rentrerons pas sur nos jambes.

Ils avaient spontanément retrouvé leur langage de potaches. Cela les rajeunissait. Ils en rajoutaient par plaisir. Victor Gélude les observait avec amusement. Les deux compères, tout à leurs retrouvailles, avaient oublié sa présence.

Bertrand Larivière ne manquait pas d'humour. Il aimait la plaisanterie. En Indochine, il n'avait guère eu l'occasion d'exercer ce genre de talent. Les officiers de marine étaient plutôt coincés. La société coloniale qu'il fréquentait tenait par-dessus tout à préserver les apparences. Elle était conformiste et compassée, médisante et prompte à se scandaliser. Il en avait fait la triste expérience.

— Es-tu marié ? demanda-t-il à Paul.

— Oui. Je suis même père de deux terribles garnements.

— Tant pis pour toi ! Tu as dû les faire à ton image.

— Toujours aussi prodigue d'amabilités !

— Quel âge ont-ils ?

— L'aîné a quinze ans, le cadet, treize.

— Ils sont plus âgés que Bénédicte.

— Qui est Bénédicte ?

— Ma fille adoptive.

Il se mit alors à raconter à Paul l'histoire de Bénédicte sauvée des eaux, l'adoption, le retour en France, la place qu'elle occupait désormais dans sa vie. Il n'épargna aucun détail. Il parlait d'un air absent, comme s'il s'adressait à lui-même. Paul écoutait sans l'interrompre.

— C'est une très belle histoire, dit-il quand Bertrand cessa de parler.

La rencontre avec maître Ripert éveilla quantité de souvenirs. Des faits qu'il avait oubliés, des visages remontèrent des profondeurs de sa mémoire. Il revit les excursions effectuées dans le massif de la Sainte-Victoire avec Paul et d'autres camarades, les soirées entre amis à la bastide, les promenades dans la région, les premiers bals autorisés par les parents.

Ces évocations l'imprégnèrent de nostalgie. C'était à la fois douloureux et agréable. Un climat doux-amer, avec de brusques percées de lumière, et des nuées traversées de fantômes. Une vie se ramenait à quelques images précieuses ou anodines. Chacun portait en lui un trésor intransmissible. Des choses qui avaient eu de l'importance pour lui, qui en avaient encore, ne présentaient aucun intérêt pour autrui. Sans les sentiments qui les accompagnaient, elles redevenaient ce qu'elles étaient, grises, atrocement banales.

Dans le flou de sa mémoire, une ombre apparut. Les traits se précisèrent, dessinèrent un visage. Un nom traversa brusquement son esprit : Isabelle !

Il portait depuis des années ce prénom enchâssé comme un joyau dans sa chair. Parfois, il en éprouvait une douleur lointaine qui le rassurait. Il savait qu'il était toujours là. Son amour pour Isabelle n'était pas mort. Il avait au contraire crû avec le temps, comme si la jeune fille avait continué de vivre après son suicide. Elle se nourrissait de son amour devenu impossible. Elle était sa douleur et son désespoir, l'unique femme avec laquelle il eût voulu vivre. Sans doute était-ce à cause de cet amour de jeunesse qu'il n'en avait épousé aucune.

Aucune ne soutenait la comparaison avec Isabelle, conservée intacte dans le triomphe de son éclatante jeunesse, idéalisée. Pas une seule qui puisse rivaliser avec une morte. Ce qu'il cherchait inconsciemment dans ses nombreuses conquêtes, n'était-ce pas Isabelle ? Le double vivant d'Isabelle ? Toute tentative était donc vouée à l'échec, tout nouvel amour condamné dans l'œuf. S'il passait si facilement de l'une à l'autre, s'il les butinait comme un papillon, ce n'était ni pour tromper son insatisfaction ni par instabilité, par incapacité à se fixer. Non, c'était par désespoir, parce qu'aucune femme n'avait été capable de remplacer Isabelle dans son cœur.

Il se souvint alors qu'Isabelle avait une sœur cadette, Alice. Elles se ressemblaient beaucoup. Toutes deux étaient jolies, enjouées, heureuses de vivre. Alice était un peu jalouse. Mais il n'avait d'yeux que pour l'aînée.

Qu'était devenue Alice ? Etait-elle toujours vivante ? Habitait-elle encore Aix-en-Provence ? Peut-être aurait-il plaisir à la revoir, à retisser avec elle la toile du passé. Le temps avait-il outragé sa juvénile beauté ou avait-elle bien vieilli ? Elle devait avoir dépassé la cinquantaine... Soudain, il voulut la revoir, savoir quelle existence était la sienne. S'était-elle mariée ? Avait-elle des enfants ? Un métier ? Peut-être était-elle morte ou exilée n'importe où, injoignable. Il souhaitait vivifier ses souvenirs.

Il se promit d'en parler à Paul. Lui saurait le renseigner.

Dans les premières semaines du conflit, Fabio Vincentelli avait assisté à la foudroyante percée de la Wehrmacht et à la débandade des armées alliées. La « drôle de guerre » n'avait de drôle que le nom. Au fur et à mesure que les troupes françaises reculaient et se désagrégeaient, il sentait monter son angoisse. Si la situation empirait, il devrait une fois encore prendre une décision déchirante.

Quand il discutait de cela avec ses compatriotes – dont la communauté était importante –, les avis étaient partagés. La majorité penchait de son côté. Il s'agissait de communistes, de républicains ou de monarchistes antifascistes hostiles à la dictature de Mussolini. Jusqu'à présent, le Duce avait opté pour la neutralité. Mais, de l'avis général, cela ne durerait pas. Bon gré, mal gré, il finirait par être entraîné dans la guerre, ce que les amis de Fabio qualifiaient de « folie ». C'était une aventure que l'Italie paierait très cher.

L'opinion des autres était plus nuancée. D'abord, ils ne s'opposaient pas catégoriquement à Mussolini. Ils estimaient qu'il avait fait du bon boulot. Le pays avait accompli de spectaculaires progrès sous son gouvernement. Ils rêvaient d'une grande Italie triomphante et respectée. Epouser la cause de la puissante Allemagne était le moyen de satisfaire ces ambitions. La victoire devait aller à la victoire. Ils n'envisageaient pas un instant que les succès éclatants puissent être provisoires ni que l'histoire enseignait que des revirements étaient possibles.

Le 10 juin 1940, Fabio apprit par la radio que Mussolini déclarait la guerre à la France et à la Grande-Bretagne. Moins de quatre mois plus tard, le 27 septembre, Berlin, Rome et Tokyo signaient un pacte tripartite d'assistance mutuelle. Cela mettait Fabio au pied du mur. Il demanda à voir le docteur Larivière.

Celui-ci le reçut dans son bureau. L'air tiède de l'été finissant pénétrait par les fenêtres restées ouvertes. Les feuilles des arbres du parc étaient encore vertes. Elles formaient un écran végétal au-delà duquel se profilait la silhouette de la Sainte-Victoire.

— Vous avez l'air sombre, observa Bertrand.

— Je le suis.

— Que vous arrive-t-il ?

— Je dois vous quitter.

— Ah ! Je ne m'attendais pas à recevoir votre congé.

— Croyez que ce n'est pas de gaieté de cœur. J'y suis contraint.

— Si vous manquez de quoi que ce soit, n'hésitez pas à me le dire. Nous nous arrangerons.

— Monsieur, je suis très bien chez vous. Le travail me plaît. Il règne une bonne ambiance. Je m'entends avec les ouvriers. Je crois ne pas avoir trahi votre confiance.

— Non. Je suis content de vous. Votre décision me prend au dépourvu.

— Je préférerais rester. Hélas, c'est impossible. L'Italie est devenue l'alliée de l'Allemagne. Dans peu de temps, elle enverra des troupes ici. Je suis en danger. Je suis toujours ressortissant italien. J'ai refusé d'accomplir mon service militaire. Je suis un déserteur. Si les carabiniers me mettent la main dessus, la plus douce sentence sera l'emprisonnement.

— Nous n'en sommes pas là !

— Ne vous bercez pas d'illusions. Nous y serons bientôt. Je dois prendre des dispositions.

— Il faut être prudent. Les fascistes et les nazis ont des partisans en France. Il y en a ici qui souhaitent la victoire de l'Allemagne. Avez-vous parlé de votre projet à quelqu'un d'autre que moi ?

— Oui.

— Puis-je savoir qui ?

— Jules Garriguié. C'est un sage.

— Vous pouvez avoir confiance en lui. Je suppose qu'il vous a conseillé.

— Il m'a conforté dans mon intention de partir. C'est pourquoi je viens vous voir. Je voulais vous remercier pour ce que vous avez fait.

— Savez-vous où aller ? Pour vous, la France, c'est fichu.

— La frontière avec l'Espagne n'est pas fermée. Mes papiers sont en règle. Les franquistes ont des accointances avec les fascistes. Ils me laisseront passer.

— Méfiez-vous tout de même. Par ces temps troublés, on n'est sûr de rien. Sachez tenir votre langue. Votre père est-il au courant ?

— Je ne lui ai rien dit. Il me dissuaderait de partir.

— Que ferez-vous en Espagne ? Avez-vous prévu une ligne de repli ? J'ai deux ou trois relations à Madrid dont je peux vous communiquer les adresses. Et un ami au Portugal, un exportateur de vin de Porto sur qui on peut compter malgré la dictature de Salazar. Il a su ne pas se faire remarquer.

— Merci. Je ne voudrais pas compromettre vos amis. J'essaierai de me débrouiller seul. J'hésite, soit gagner l'Angleterre, soit aller à New York. Jules m'a affirmé qu'il existait à Londres des Français qui refusaient de rendre les armes.

Bertrand leva un sourcil étonné.

— Vous m'avez dit que vous étiez pacifiste. Que vous avez refusé le service militaire. Vous n'allez pas prendre les armes pour défendre un pays qui n'est pas le vôtre. C'est absurde !

— Pas tant que ça. Ce n'est pas seulement le pays que je défendrai. C'est la liberté, la liberté qui ne connaît pas de frontières.

— Très bien, dit Bertrand. Je suis de tout cœur avec vous. Demandez-moi l'aide que vous voulez, je vous l'accorderai.

Il serra la main de Fabio.

— J'espère que nous nous reverrons. Bonne chance !

Fabio regarda longuement l'intérieur de la bastide, sortit, se retourna vers la façade aux lignes nobles. Il savait qu'il ne reviendrait plus en ces lieux et il voulait en conserver l'image le plus longtemps possible.

Il s'engageait dans une nouvelle aventure et ignorait où le destin le conduirait. Peut-être combattrait-il sous l'uniforme des Forces françaises libres. Peut-être la mort l'attendait-elle dans une campagne riante ou sur une terre stérile. Peut-être qu'il s'en sortirait. Peut-être aussi que rien de cela ne se produirait et qu'il prendrait le bateau pour tenter sa chance aux Etats-Unis.

Au moment où il allait monter dans sa vieille Renault, une voix fraîche le héla. Bénédicte arrivait en courant, criant son nom.

— Fabio ! Fabio !

Elle arriva tout essoufflée et lui sauta au cou. Il en fut ému. Il quittait Sauveterre contre son gré, la mort dans l'âme. Il avait trouvé ici non seulement un travail et un toit, mais aussi une famille. Il s'était attaché à Bénédicte, qui le considérait comme un grand frère. Il aimait s'occuper d'elle et lui enseigner quelques rudiments de sa langue. Tout cela lui manquerait.

Bénédicte s'alarma de son air sérieux. Il l'avait serrée contre lui avec plus de force que d'habitude, presque à lui faire mal.

— Qu'est-ce qui t'arrive, demanda-t-elle, tu as des soucis ?

Il hésita, les larmes aux yeux.

— Je m'en vais, dit-il.

— Hé, s'écria-t-elle, je vois bien que tu t'en vas !

— Je pars pour toujours, dit-il.

— Pour toujours ! Ce n'est pas possible !

— Hélas, si.

— Tu n'es pas bien chez nous ?

— Si. Mais je ne peux plus rester. Ton père t'expliquera. Moi, je n'ai plus le temps. Je suis très triste de vous quitter. Mais je le dois. C'est plus fort que ma volonté.

Abasourdie par la nouvelle, elle regarda Fabio monter dans sa voiture, démarrer. Quand la Renault franchit le seuil de la propriété, gorge nouée, elle agita la main en signe d'adieu.

16

Fabio Vincentelli avait bien fait de partir. Il avait flairé le danger à temps. Le 11 novembre 1942, au lendemain du débarquement des alliés en Afrique du Nord, les Allemands franchirent la ligne de démarcation et occupèrent la zone sud. Les troupes italiennes s'installèrent dans la partie orientale. On vit fleurir sur les édifices publics des drapeaux à croix gammée. Des soldats en uniforme vert-de-gris patrouillaient dans les rues et sur les routes campagnardes. En vivant sous la botte, la Provence changeait de visage. Elle retenait sa respiration. Elle courbait l'échine. Elle se crispait.

Bénédicte avait environ douze ans. C'était une bonne élève donnant satisfaction à ses professeurs. Elle avait rattrapé son retard et entrait en sixième.

« Les choses sérieuses commencent, l'avertissait son père.

— Je suis prête », répondait-elle avec assurance.

Bertrand, que les événements perturbaient beaucoup, se sentait vieillir. Lui jadis si optimiste virait au pessimisme. L'avenir était bouché. Les lendemains ne chantaient pas. Il se tourmentait pour Bénédicte. Elle n'avait que lui comme soutien. Déracinée, sans famille, c'était encore une enfant, innocente et naïve.

Aurait-il la force de l'accompagner jusqu'à l'âge adulte ? Jusqu'à ce qu'elle ait un métier ? Six longues années la séparaient du baccalauréat. Ensuite, à condition qu'elle ne change pas d'idée entre-temps, elle s'inscrirait à la faculté de médecine, à Marseille. Six ou sept ans s'écouleraient encore avant l'obtention du diplôme. Au total, douze ou treize ans d'études.

Pour Bertrand, cela représentait une éternité. Pour l'instant, aucun ennui de santé ne perturbait son existence. Il ne manquait pas d'occupations, conservait bon pied bon œil, exerçait son esprit, lisait beaucoup, fréquentait du monde. Durerait-il longtemps à ce rythme ? Il ne sentait pas les années. Elles pesaient pourtant sur ses épaules. Elles s'accumulaient. Chaque anniversaire ajoutait la sienne.

Dans les mois ayant suivi son retour, il ressentait douloureusement l'isolement. A présent, il était trop sollicité. On l'invitait à déjeuner, à dîner. Il participait à des réunions privées ou publiques. On l'admettait dans des cercles, des clubs qui souhaitaient l'intégrer. Il déclinait les propositions, soucieux de préserver son indépendance et sa liberté. Il acceptait de participer, il n'adhérait pas. Il avait subi les contraintes de sa profession tout au long de sa carrière. Il répugnait à s'en imposer de nouvelles.

L'augmentation de son entregent résultait de l'action de Jules Garriguié, de l'imprimeur Victor Gélule, qui s'était pris d'amitié pour lui, et de son vieil ami de lycée, maître Paul Ripert, récemment retrouvé. Grâce à eux, d'anciennes relations émergeaient peu à peu de l'oubli. Certaines sans lendemain. Pour d'autres, au contraire, les liens rompus se renouaient. Ainsi le tissu social se reconstituait-il autour de lui. L'ennui tant redouté l'épargnait.

Maître Ripert l'avait invité à dîner peu après leurs retrouvailles. Il habitait un vieil hôtel particulier rue de la Mule-Noire, en haut du cours Mirabeau. Une façade noble, avec des balcons en fer forgé, soutenus par des visages de femmes sculptés dont le regard de pierre semblait scruter les visiteurs.

Sur l'arrière s'ouvrait une cour intérieure arborée que de hauts murs protégeaient de la rue. Cette cour, qui était pavée, servait jadis à garer les charrettes et les carrosses. La porte cochère avait été condamnée. Son contour se dessinait encore dans le mur de clôture. Dans cet espace aménagé se donnaient les réceptions d'été, ou les repas de famille pris en plein air, à l'ombre d'un vénérable platane planté à la fin du siècle précédent par le grand-père de Paul.

Les appartements, spacieux, étaient parquetés, certaines pièces lambrissées. L'ameublement obéissait au code de la bonne société aixoise, laquelle ne se signalait pas par sa hardiesse. Il régnait là un conformisme de bon ton qui privilégiait les styles Louis XV et Louis XVI, avec parfois, dans certaines demeures plus ouvertes à l'innovation, une percée Directoire ou Empire. De sorte que, lorsqu'on passait d'une demeure à l'autre, on ne risquait pas le dépaysement. C'était sans surprise. Les mœurs de la bourgeoisie aixoise condamnaient d'avance toute excentricité.

Maître Paul Ripert présenta sa femme, Eugénie, née de La Martellerie. C'était une petite blonde enjouée, potelée, avec des yeux noisette. Elle portait une robe noire, droite et sobre, que Bertrand jugea trop stricte pour sa personnalité. Un collier et un bracelet en or massif agrémentaient heureusement sa tenue.

Bénédicte accompagnait Bertrand. Eugénie les reçut avec une grande amabilité. Elle les mit tout de suite à l'aise. Puis elle fit venir ses fils. L'aîné, Jacques, grand et mince, ressemblait à son père lorsque celui-ci était jeune. Louis, le cadet, tenait plutôt de sa mère. Tous deux étaient avenants et sympathiques. Ils s'empressèrent auprès de Bénédicte, pétrifiée de timidité. La maison des Ripert l'impressionnait et elle n'avait pas l'habitude de fréquenter des garçons. l'institution Sainte-Véronique n'accueillait que des filles.

Bénédicte, Magali Destrousse, Jeanne Lestignac et Sidonie Bastilde parlaient quelquefois des garçons. Ils représentaient un univers mystérieux, un peu effrayant. Les informations les plus fondées provenaient essentiellement de Magali, qui avait un frère, et de Sidonie, qui en avait deux. Elles disaient qu'ils étaient stupides et brutaux. Qu'ils faisaient les marioles et se disputaient souvent. Elles ne laissaient cependant pas d'être intriguées. Ce comportement, si différent du leur, aiguisait leur curiosité.

La cuisinière des Ripert avait préparé un menu défiant les restrictions, simple mais digne des périodes fastes. Elle avait accompli des miracles d'ingéniosité pour se procurer les produits et réaliser les plats.

En entrée, une omelette d'asperges sauvages, ramassées par ses soins, additionnée d'une pincée de farine, ensuite un lapin à la moutarde accompagné d'une purée de topinambours, une salade de pissenlits, qu'elle avait également cueillis, et pour finir un gâteau de pommes de terre sucré à la saccharine. Un vrai festin.

En bonne fille de la campagne, Marie connaissait toutes les ressources de la terre. Sa science s'avérait infiniment précieuse pour améliorer l'ordinaire. Eugénie Ripert, reconnaissant ses mérites, assurait :

— C'est une perle.

Bertrand, l'entendant vanter ainsi sa domestique, feignit de la mettre en garde d'un ton confidentiel :

— Ne le clamez pas trop fort.

— Pourquoi donc ? fit-elle, interloquée.

— On pourrait vous la prendre.

— Impossible. Marie est à notre service depuis vingt ans. Elle nous est fidèle.

Elle disait vrai. La cuisinière avait succédé à sa mère chez les Ripert. Elle leur était très attachée. Elle n'envisageait pas de trahir leur confiance en cédant au chant des sirènes. Marie appartenait à une espèce en voie de disparition, celle des domestiques faisant partie de la famille et dévoués à leurs maîtres. Pas un instant ne l'effleurait l'idée de pouvoir offrir ses services à une autre maison.

Entre Bénédicte et les fils Ripert, le courant passait. Elle était leur centre d'intérêt. Ils rivalisaient de gentillesse pour lui être agréables. Elle n'avait plus peur. Des sentiments étranges s'affrontaient en elle, des choses qu'elle ne comprenait pas et qui n'avaient pas de nom.

Se sentir l'objet de tant d'attentions l'emplissait de fierté. Elle découvrait avec étonnement que le genre masculin n'était pas si repoussant que le prétendaient ses camarades. On pouvait être un garçon sans être une brute vulgaire. En même temps, son instinct l'avertissait que, sans le vouloir, en restant elle-même, elle exerçait un certain pouvoir sur Jacques et Louis. Elle sentait cela confusément et c'était très plaisant.

Elle se promit d'en parler à la première occasion à Magali, Jeanne et Sidonie. Elles en pâliraient d'envie.

Bénédicte regardait tour à tour Jacques et Louis, ne sachant lequel lui plaisait le plus. Tantôt c'était l'un, tantôt c'était l'autre. Rien ne les départageait. Elle écoutait leurs histoires. Elle riait à leurs bons mots. Ils ne manquaient pas d'esprit. Ils avaient des tas de choses à raconter. Elle les aurait écoutés parler indéfiniment. Elle avait cessé depuis longtemps de s'occuper des adultes. Le temps lui paraissait très court. Ils étaient chez les Ripert depuis maintenant quatre heures et il lui semblait qu'ils venaient d'arriver.

Bertrand se leva et dit :

— Nous allons prendre congé.

— Déjà ! s'écria Bénédicte.

— Il est temps de remercier nos hôtes, dit Bertrand en s'inclinant devant Eugénie Ripert.

— J'aurais bien voulu rester encore, protesta Bénédicte.

— Cette petite est charmante, dit Eugénie en lui caressant doucement les cheveux.

— Tu reviendras, promit maître Paul Ripert.

La fuite de Fabio Vincentelli n'arrangeait pas les affaires de Bertrand Larivière. Tout était à recommencer. Cette fois, Jules Garriguié déclara forfait.

— Je voudrais t'être utile, Bertrand. Mais j'ai épuisé toutes mes ressources. Tu le sais comme moi, la main-d'œuvre se raréfie. Les hommes qui n'ont pas été tués sont prisonniers en Allemagne ou blessés. Comme en 14, les femmes travaillent à leur place.

— Je ne peux pas embaucher une femme à ce poste, reconnut Bertrand. Aucune ne fera l'affaire. Ah, je suis bien seul !

— Tu dois prendre une décision.

— J'étais incapable de m'occuper de Sauveterre quand j'ai engagé Fabio. Je le suis toujours. Davantage, même, puisque je suis plus vieux.

— Si tu divisais les difficultés par deux ?

— Cela ne réglerait rien. Il faudrait trouver deux personnes au lieu d'une.

— Je ne le voyais pas ainsi. J'imaginais qu'il serait plus facile de confier la moitié de l'exploitation. Cela réduirait le travail et les responsabilités. Il serait plus facile d'avoir un candidat. Tu chapeauterais le tout. Dans ces conditions, engager une femme soulèverait moins de problèmes.

Le visage de Bertrand accusa un air désabusé.

— Dans notre entourage, tu en connais beaucoup, des femmes agronomes ou ingénieurs agricoles ? Elles ne font pas ce genre d'études.

— Plus tard, assura Jules, il y en aura.

— J'en ai besoin maintenant. Avant que les premières sortent du moule, mes terres seront fichues.

— Allons voir Aldo, proposa Jules.

— Je doute qu'il nous vienne en aide. Il ne s'entendait plus guère avec son fils. Ils ne partageaient pas les mêmes idées politiques.

— D'où tiens-tu cela ?

— De la bouche de Fabio.

— Rendons tout de même visite à Aldo. Il ne m'est pas hostile. Nos relations sont toujours bonnes.

Aldo Vincentelli possédait des hangars entourés de terrains où il déposait les matériaux de construction servant à son entreprise. Il souffrait aussi de la pénurie de main-d'œuvre, dont le bâtiment était grand consommateur.

Jules et Bertrand l'aperçurent. Il surveillait le chargement d'une camionnette à gazogène, un engin brinquebalant posé sur des pneus pleins. En les voyant arriver, il souleva la visière de sa casquette.

— *Buongiorno.*

— Salut, dit Bertrand en serrant la main calleuse qu'il lui tendait.

— On peut vous parler une minute ? demanda Jules.

— Patientez un moment. Je finis le chargement et je suis à vous.

Deux manœuvres empilaient des tuiles romaines sur le plateau de la camionnette. Aldo vérifiait que le chargement était équilibré. Son œil exercé repérait immédiatement les anomalies et il ordonnait de rectifier. Il s'était fait tout seul. Il connaissait le boulot de A à Z. Il surveillait tout personnellement.

Malgré son argent, il était resté simple. Il portait les mêmes vêtements rapiécés et poussiéreux que par le passé. Il faut plus que quelques millions pour changer un homme, assurait-il. Moi, j'ai toujours vécu comme ça. J'y suis habitué. Pourquoi ferais-je des manières ?

Le chauffeur s'installa au volant. Les manœuvres prirent place à l'arrière, avec les tuiles. La camionnette démarra dans un nuage de fumée noire.

— Venez, dit Aldo. Allons dans mon bureau.

La pièce n'avait pas vu un balai depuis des lustres. Il régnait un désordre indescriptible. Des dossiers s'entassaient sur la table. Le courant d'air agitait mollement des toiles d'araignée au plafond. Une forte odeur de tabac imprégnait l'atmosphère.

Une bouteille de vin rouge entamée était posée à côté du cendrier débordant de mégots. Aldo s'en servit une dose dans un verre crasseux.

— En voulez-vous ? demanda-t-il.

Jules et Bertrand déclinèrent son offre.

— Avez-vous des nouvelles de votre fils ? l'interrogea Bertrand.

— Qu'il aille au diable ! Vous n'êtes pas venus pour me parler de ce chenapan, je suppose.

17

Faute d'un régisseur, Bertrand Larivière laissa en friche une partie de ses terres. Aldo Vincentelli n'avait pas résolu son problème. Lui-même, à cause du manque de bras, ne pouvait honorer tous ses contrats. Le bâtiment marchait au ralenti alors qu'il existait des gisements de travail non satisfait.

« Je roule à la moitié du rendement, avait-il déclaré. Je paie beaucoup de ma personne en pure perte. J'embauche des jeunes qui ne sont pas formés. Il faut tout leur apprendre. Les vieux ne sont plus là pour transmettre l'expérience. Pour ce qui vous occupe, je n'ai rien à vous proposer. De mon point de vue, vous ne trouverez pas. Il faut vous faire une raison. Changer votre fusil d'épaule.

— Que voulez-vous dire ?

— Abandonnez le projet d'exploiter votre domaine dans son ensemble, comme auparavant.

— Qu'est-ce que je vais en faire ?

— Gelez une partie des terres. Cultivez le reste.

— Je perdrai de l'argent.

— Au début, c'est évident. Après, si les choses tournent dans le bon sens, comme je le prévois, vous gagnerez bien davantage.

— J'avoue ne pas comprendre.

— Docteur, je raisonne en maçon, en entrepreneur. Mon métier, c'est de construire des maisons.

— En quoi cela me concerne-t-il ?

— Vous allez voir.

— Vous avez une idée derrière la tête, intervint Jules Garriguié.

— On ne peut rien vous cacher, sourit Aldo d'un air entendu.

— Nous vous écoutons », dit Bertrand soudain intéressé.

Aldo Vincentelli manifesta quelque réticence.

« Il est trop tôt pour en parler.

— Vous en avez dit trop ou pas assez ! » s'écria Jules, que ce jeu commençait à exaspérer.

Jules et Bertrand pressèrent le maçon avec tant d'insistance que celui-ci finit par céder.

« Voilà, dit-il, une partie de votre domaine est située sur un emplacement privilégié. Cette zone sera probablement urbanisée à la fin de la guerre...

— Si elle a une fin ! »

Aldo négligea l'observation et poursuivit :

« Donc, à la fin de la guerre, il faudra non seulement reconstruire mais aussi construire, des immeubles, des maisons. La vie reprendra son cours. On aura besoin de logements.

— Je ne vous suis pas, dit Bertrand, qui n'avait aucune expérience des affaires et n'était pas un homme d'argent.

— Moi, fit Jules, je vous vois venir.

— A la bonne heure ! s'exclama Aldo. Cela nous évitera de perdre du temps en explications fastidieuses. Je vous propose une association, un partenariat, si vous préférez.

— Sur quelles bases ? »

Aldo regarda Bertrand dans les yeux et articula d'une voix calme et posée :

« C'est simple : vous avez les terres, moi, j'ai l'entreprise. »

Aldo Vincentelli projetait de construire un lotissement sur une partie de Sauveterre à négocier. Bertrand fournissait les terrains, Aldo se chargeait de bâtir. Ils partageaient les bénéfices selon un pourcentage à définir. Chacun y trouvait son compte, d'autant que, de toute évidence, le docteur n'avait pas la fibre paysanne. Il traînait son héritage foncier comme un fardeau. La réalisation de ce projet l'en délesterait. Une fois celui-ci achevé, il aurait moins de soucis, plus d'argent et plus de liberté.

L'entrevue avec Aldo Vincentelli n'avait certes pas donné le résultat escompté, mais elle avait proposé une solution acceptable. Bertrand ne s'acharnerait pas à conserver son patrimoine en l'état. Surtout si se présentait une occasion de le faire fructifier. Après, il en avait discuté avec Jules Garriguié, lequel approuvait cette orientation.

« C'est une chance, avait-il conclu. Ne la laisse pas t'échapper. »

Des arpents de vignes s'accrochaient à la roche. Ils occupaient une douzaine d'hectares. Les vendanges produisaient une récolte modeste. Le raisin était apporté à la coopérative. La route s'inclinait vers le petit village de Loubière, situé à environ deux kilomètres, dont on apercevait le clocher.

Dans la distance se profilait un paysage d'aquarelle, élégant et léger. Un motif pour les peintres qui marchaient sur les traces de Paul Cézanne, dont le nom resterait éternellement associé à cette montagne. Beaucoup plantaient leur chevalet. Chacun à sa manière essayait de rivaliser avec le maître.

Le matin s'élevait du sol une petite brume qui demeurait en suspension jusqu'à ce que le soleil naissant la disperse. La nature semblait alors mousseuse, nimbée d'un subtil rayonnement qui l'enveloppait de mystère.

« C'est la transpiration des dieux », assurait poétiquement Michel Gérone, qui peignait depuis des années la montagne sous toutes ses coutures.

Les formes se délayaient dans la transparence et tremblaient d'une vibration interne comme la roche elle-même. Car l'œil exercé de l'artiste percevait au-delà des apparences le phénomène extraordinaire à l'origine du charme de la Sainte-Victoire. La lumière ne venait pas de l'extérieur du massif mais de l'intérieur. C'était comme si la montagne absorbait le soleil, s'en nourrissait, le transformait et restituait ce don du ciel.

On pouvait aussi penser que cette lucidité de la pierre résultait d'une sorte de sécrétion due à sa constitution, et qui se diffusait comme une humeur. Cela, qui défiait l'analyse, interrogeait les peintres qui s'épuisaient à en restituer, par le trait et la couleur, la magie naturelle.

Michel Gérone n'échappait pas à la règle. Il battait la campagne depuis l'adolescence. Il en connaissait tous les coins, les endroits les plus beaux, les vues les plus pittoresques. Les chemins n'avaient plus de secret pour lui. La carte détaillée de la région était imprimée dans sa mémoire. Il savait à quelle heure il fallait s'installer ici ou là, à quelle saison il trouverait la lumière capable de révéler l'âme de la montagne.

Le docteur Larivière avait admiré deux de ses toiles chez maître Ripert. Quoiqu'il ne fût pas grand amateur de peinture, elles lui plurent par la force qui s'en dégageait, l'évidence des tons, l'épaisseur de la matière, son miroitement. Ce travail, respectueux du sujet, représentait néanmoins un combat avec lui. L'artiste butait contre un obstacle qui résistait à ses assauts. On voyait cela dans l'éclat presque sauvage de la couleur, dans la gestuelle rageuse de la touche. L'homme qui avait exécuté ces tableaux était animé d'une telle volonté, d'une telle puissance, que Bertrand imaginait que s'il ne contrôlait pas ses mouvements il pouvait transpercer la toile de sa brosse.

Michel Gérone était un peintre de plein air. Il préférait travailler sur le motif, à la lumière naturelle, dans un corps-à-corps qui durait plusieurs séances. L'atelier, il le réservait aux natures mortes, et surtout aux jeunes femmes qui venaient poser pour lui, dont la plupart étaient devenues ses maîtresses. Cela faisait partie du métier. Quand, pendant une heure ou deux, il avait observé l'anatomie féminine intégralement dénudée, comme un objet, et qu'il s'arrêtait enfin, la tension tombait. Il découvrait soudain une femme proche et désirable. Le désir fouettait son sang. Il ne résistait pas à la tentation. Le modèle non plus.

Michel Gérone avait acheté une vieille et grande bâtisse qu'il avait restaurée. Son plus grand avantage était de disposer d'une vaste pièce à haut plafond, pourvue de larges ouvertures par où pénétrait la lumière. Elle donnait sur la Sainte-Victoire, qu'il avait ainsi en permanence sous les yeux. Il en avait fait son atelier.

L'ameublement de celui-ci était consacré à l'exercice de son métier : deux chevalets supportant des toiles en cours de réalisation, un établi de menuisier jonché d'esquisses, de carnets à dessin, de tubes de couleurs, une petite table servant de bureau, deux fauteuils à oreilles, une chaise paillée, un paravent qu'il avait lui-même décoré. Le long des murs s'entassaient des toiles vierges et des tableaux achevés qui serviraient à de prochaines expositions, ou qui seraient vendus à quelque visiteur de passage.

Maître Paul Ripert appartenait à cette catégorie. Un ami lui avait parlé de Michel Gérone en termes élogieux. Il avait voulu le rencontrer. Il était allé le voir chez lui. Michel n'était pas un sauvage, un de ces artistes sombres et ronchons qui refoulent les importuns. La solitude lui était professionnellement nécessaire, ce qui ne l'empêchait pas d'être accueillant.

Les deux hommes avaient parlé peinture. Maître Ripert était un amateur éclairé. Sa prédilection allait aux paysagistes provençaux, courant auquel appartenait Michel. Ils étaient faits pour s'entendre. Michel montra ses œuvres, les commenta. Maître Ripert en choisit une et l'emporta. Un peu plus tard, il en acquit une seconde, qu'il avait repérée. C'était évidemment la Sainte-Victoire, sous deux angles différents.

Ils s'étaient revus lors du vernissage de l'exposition de Michel dans une galerie du cours Mirabeau, à laquelle il avait convié son nouveau client. Depuis, ils entretenaient des relations épisodiques.

Paul se promettait de convertir à la peinture Bertrand, qui n'y connaissait rien et ne souffrait aucunement de cette ignorance. Ce qu'il aimait se trouvait dans son bureau : une croûte, commise par un amateur, représentant le bord de mer, avec des rochers et des pins, et un tableau de bonne facture, œuvre d'un peintre officiel de la marine, figurant un grand bâtiment du XIXe siècle aux voiles déployées, sous un ciel nuageux.

Quand Paul proposa à Bertrand de l'accompagner à des expositions, celui-ci ne manifesta pas d'enthousiasme.

— Je suis trop vieux pour m'initier à la peinture, déclara-t-il. Je ne ressens rien. Je ne fais pas la différence entre un bon et un mauvais tableau. Ne perds pas ton temps avec cette lubie. Tu ne tireras rien de moi.

— On est infirme lorsqu'on ne s'intéresse pas à l'art, rétorqua Paul. Tu peux essayer, ne serait-ce que pour me faire plaisir. On expose Monticelli à la galerie Mozart. Accompagne-moi.

— D'accord, pour ne pas te désobliger.

— Tu ne le regretteras pas. Monticelli est un peintre de la fête, de la joie et du plaisir, dans la lignée de Watteau.

— Watteau ?

— Ne me dis pas que tu ignores qui est Watteau !

— Vaguement entendu parler. Je n'ai pas ta culture, mon cher. Moi, je me suis occupé des furoncles et des fièvres. Mon œuvre d'art, c'est une belle opération réussie. Mon chef-d'œuvre, un malade remis sur pied.

— Nous ne sommes pas aussi éloignés que tu le prétends. Dois-je te rappeler que l'on considère la médecine comme un art ?

— Restons-en là, maître. Tu peux arrêter ta plaidoirie. Je ne suis pas de taille à lutter sur ce terrain. Tu m'as presque convaincu.

Bertrand ne souhaitait pas rencontrer Michel Gérone. Il consentait à accompagner son ami à la galerie Mozart. Rien de plus. Fréquenter ce milieu d'originaux, dans lequel Paul évoluait comme un poisson dans l'eau, le mettait mal à l'aise rien que d'y penser.

Les officiers de marine vivaient en cercle fermé. Ils formaient une sorte de club ou de clan. Ils perpétuaient leurs usages, leurs traditions, leurs centres d'intérêt. Ils appartenaient à telle promotion, avaient servi sous tel commandement, navigué à bord de tel et tel bâtiments, occupé tel poste en métropole ou outre-mer. D'invisibles liens les unissaient et assuraient la cohérence de leur corps.

A vrai dire, Bertrand regrettait de ne plus entretenir ce genre de relations. Il se sentait isolé au milieu des terres, prisonnier de la campagne. La déprime le gagnait. Aix-en-Provence n'était pas le meilleur endroit pour rencontrer des marins. Il fallait aller à Marseille, la cosmopolite, la forte en gueule. Dans ce port ouvert à tous les horizons se croisaient les marins de toutes les nationalités.

Il pensa soudain à Jean-Marie Le Cornec. Enterré dans le petit cimetière breton de son village natal, il avait jeté l'ancre pour l'éternité. Il se dit que le moment était venu d'entreprendre le voyage pour aller se recueillir sur sa tombe. Au départ de Jean-Marie, il en avait fait la promesse. Les circonstances avaient voulu qu'il ne la tînt pas.

Maintenant, c'était décidé. Il préparait ses bagages, prenait ses billets de train, et en route ! Le voyage était long et peu commode pour rallier le petit village de Lavernedec. Il fallait passer par Paris. Changer de train pour aller à Brest. De Brest, prendre deux autocars sillonnant la Bretagne profonde. Il resterait absent une semaine. Il espérait trouver sur place de quoi se loger. Mais, dans ce trou de quelques centaines d'habitants, la présence d'une auberge était peu probable. Il chercherait une chambre dans les environs. Il visiterait le pays, guidé par le souvenir de Le Cornec.

18

Le jeudi matin, Bénédicte faisait ses devoirs et apprenait ses leçons. C'était une élève sérieuse et appliquée. Elle se mettait toute seule à la tâche. Nul besoin de la rappeler à l'ordre. Elle aimait étudier. Après le déjeuner, quand elle ne faisait pas une courte sieste, surtout l'été quand le soleil cognait dur, elle avait l'autorisation de se promener dans la campagne. Le plus souvent seule, quelquefois avec une amie.

Elle jouissait d'une grande liberté pour une fillette de son âge. Bertrand lui accordait sa confiance parce qu'elle montrait déjà beaucoup de maturité. Ce n'était pas une écervelée prête à commettre des folies. Il lui arrivait de marcher dans la même direction pendant une heure et de s'éloigner de la bastide. Elle se reposait, puis rebroussait chemin. L'hiver, la nounou s'inquiétait de ne pas la voir de retour après seize heures. Les jours étaient courts. La nuit tombait vite. Dans la campagne enténébrée, la peur guettait une fillette seule. L'imagination aidant, elle pouvait céder à la panique.

Ce matin-là, Bénédicte prit la route départementale, puis un chemin vicinal qui s'embranchait à droite. Un kilomètre plus loin, elle s'engagea dans un étroit sentier traversant un petit bois de chênes dont les feuilles brillaient dans le soleil avec des reflets cuivrés. Elle savait qu'il conduisait à Loubière. On pouvait également atteindre le village par la route après un long détour, mais ça ne l'intéressait pas. Elle préférait marcher à travers la campagne. La campagne était son amie. Dans ses bras, elle n'avait pas peur. Elle se sentait protégée.

Elle ne marchait pas d'une seule traite. Elle allait à son rythme. Quand un endroit lui plaisait, elle s'arrêtait. Elle s'asseyait par terre ou sur une pierre, et rêvassait autant que de loisir. Lorsque l'envie la reprenait, elle se levait et continuait sa route. Elle allait à la rencontre d'elle ne savait quoi. Elle entrait dans l'intimité de la nature et la joie ruisselait en elle. Elle était une partie de ce tout, une infime partie, et pourtant elle contenait ce tout. Elle valait cette totalité. Elle, si fragile, si novice, en dépit de son extrême faiblesse et de sa vulnérabilité, elle l'équilibrait.

Oh, bien entendu, ces pensées ne traversaient pas son esprit. Elle n'aurait pu les comprendre. Pourtant elles étaient en elle. Elles l'accompagnaient à chacun de ses pas. Elles traversaient les intervalles. Elles passaient de la pierre à sa chair. De sorte que marcher n'était pas seulement se déplacer. C'était dialoguer avec la profusion des choses et, d'une certaine façon, prier. Une prière sans paroles qui sortait de soi par tous les pores, par tous les sens, qui ne s'adressait à aucun dieu en particulier. Un élan panthéiste qu'elle recevait en écho.

Un bruit de pas l'alerta. Au détour du chemin parut un homme de taille moyenne, vêtu d'une blouse bleue, d'un pantalon de velours côtelé marron, et coiffé d'un feutre noir à large bord. Une barbe grisonnante et broussailleuse lui mangeait le visage. Une sorte de grande sacoche de cuir élimé, de couleur noire, pendait à son épaule. Il portait sur le dos un étrange attirail.

Bénédicte esquissa un mouvement de recul.

— N'aie pas peur, petite, lança l'inconnu avec un salut amical. Je ne vais pas te manger.

Sa bouche souriait et ses yeux brillaient. Il parlait doucement, avec l'accent du Midi.

— Bonjour, monsieur, articula-t-elle en se mettant de côté pour le laisser passer.

Il s'arrêta.

— Que fais-tu là, toute seule ? Tu t'es perdue ?

— Non, je me promène.

— Je ne t'ai encore jamais vue par ici.

— C'est la première fois que je viens.

— D'où es-tu ?

— De Sauveterre. Je suis la fille de Bertrand Larivière.

— Ah ! On m'a déjà parlé de lui.

— Qui ça ?

— Un ami.

— Je le connais ?

— Je ne sais pas.

Sous son aspect un peu rude, le monsieur était doux et gentil. Cette rencontre ne l'effrayait plus. Elle s'enhardit, montra du doigt son chargement bizarre.

— Qu'est-ce que tu portes là ? demanda-t-elle.

— Mon attirail.

— Je ne comprends pas.

— Mes affaires pour travailler, si tu préfères.

— Je n'ai jamais vu de peintre, dit-elle.

— Alors, suis-moi. Je n'irai pas bien loin. J'ai repéré un joli coin où je m'installerai. Si tu veux, tu pourras me regarder travailler. Comment t'appelles-tu ?

— Bénédicte.

— C'est un joli nom. Moi, c'est Michel. Michel Gérone.

Ils marchèrent de conserve une dizaine de minutes. Soudain, au détour du chemin, ils arrivèrent devant un terrain plat d'une assez vaste superficie. Derrière une rangée de marronniers, formant obliquement une haie de part et d'autre d'une allée sablonneuse, s'élevait une ferme massive de couleur ocre. Au dernier plan, la Sainte-Victoire dressait une pyramide pointue, d'un bleu dilué de rose et de violet.

— C'est là, dit Michel Gérone.

Bénédicte le regarda déplier le chevalet, poser la toile, préparer sa palette. Elle observait ses gestes avec curiosité. Michel les accomplissait avec sérieux. Elle assistait à un rituel étrange. Un air de concentration se peignait sur le visage de l'artiste. Il semblait avoir oublié sa présence.

— Qu'est-ce que tu vas faire ? demanda Bénédicte, que la longueur de ces préparatifs impatientait.

— Travailler.

— Tu te moques de moi. Ce n'est pas travailler, ça.

— Détrompe-toi. Tu vois le paysage qui est sous nos yeux, avec les arbres, la maison, la montagne ?

— Oui. Ce n'est pas très beau.

— Parce que tu ne vois pas tout. Quand je l'aurai peint, tu le trouveras beau.

— Allons ! Tu dis n'importe quoi pour faire l'intéressant.

— Je ne te raconte pas des balivernes, se défendit Michel. Je ne peux pas tout t'expliquer. Ce n'est pas si simple. Le mieux serait que tu me regardes travailler.

— Je ne veux pas rentrer trop tard à la maison. Père va se faire du mauvais sang.

— Ecoute, si tu veux rester, reste. Quand j'aurai fini, je te ramènerai à Sauveterre. Personne ne te grondera. Je prendrai la faute à mon compte.

Michel alla chercher une grosse pierre plate, qu'il déposa près de son chevalet.

— Tiens. Assieds-toi là.

Lui travaillait debout. Il commença par tracer au fusain les grandes lignes de la composition. Il dégageait de la profusion de la vie végétale l'architecture naturelle. Il percevait les forces organisatrices au-delà des apparences. Il simplifiait. Sur la toile blanche, les figures composaient un ballet géométrique encore incompréhensible et pourtant fidèle au motif.

Bénédicte, intriguée, regardait naître de la main de son nouvel ami ces traits mystérieux qui semblaient ne pas correspondre à ce qu'elle voyait. Cependant, cette écriture la fascinait. Quand le dessin ou l'emplacement des traits ne lui convenaient pas, Michel effaçait à l'aide d'un chiffon, et risquait de nouveau un trait à la place du nuage gris laissé par le passage du chiffon.

Michel concentrait son attention sur son objet. Il en oubliait la présence de Bénédicte, et l'heure qui tournait. Il ne savait même plus où il était. Il n'y avait que le combat qui se déroulait simultanément sur trois plans : le paysage, le tableau et son cerveau.

Il faisait presque nuit quand Michel, dégrisé, consulta sa montre. Il ramassa et rangea ses affaires.

— Nous rentrons, décida-t-il.

Le visage de Bénédicte exprimait l'inquiétude. D'ordinaire, elle ne dérogeait pas à l'horaire imposé.

— On va me gronder, dit-elle.

— Mais non, je serai là.

Michel agissait avec une désinvolture d'artiste. Les obligations l'assommaient. Il transgressait les règles avec délices. Les conventions ne l'intéressaient que lorsque le scandale les bouleversait. Le principal intérêt des bourgeois à ses yeux était qu'ils possédaient l'argent nécessaire pour acheter ses tableaux et le faire vivre.

Ce n'était donc pas un exemple pour une petite fille bien élevée. Mais celle-ci le trouvait drôle, et même intéressant. Elle ne connaissait personne, dans son entourage, qui lui ressemblât. Elle avait le sentiment, justifié, qu'il lui avait accordé un fameux privilège en acceptant qu'elle assiste à sa séance de travail, à condition qu'elle ne le trouble pas avec ses bavardages. Elle avait respecté cet accord. Pendant qu'il peignait, elle n'avait pas ouvert la bouche.

Elle devait se rattraper plus tard.

Le docteur Bertrand Larivière s'occupait à noircir quelques pages de réflexions et de souvenirs. Il avait contracté la passion de l'écriture après la parution de *Médecin des terres jaunes*, dont on l'avait beaucoup félicité. Ce qu'il avait réussi une fois, il pouvait le réussir une deuxième fois. Il se heurtait pourtant à des difficultés accrues. Contrairement à ce qu'il pensait, c'était plus difficile. Les idées venaient mal et lui échappaient. On aurait dit qu'il avait épuisé son stock et qu'il ne tirerait plus rien ni de sa mémoire, ni de son imagination. Pour relancer le processus, il lisait de vieilles lettres, feuilletait des albums de photographies.

Il accomplissait quotidiennement une promenade méditative le matin de huit heures à neuf heures. Il avait appris de Montaigne l'importance du promenoir et que le rythme de la marche favorise la pensée. A ce moment-là, en effet, beaucoup de choses affluaient à l'esprit. Malheureusement, une fois qu'il s'asseyait de nouveau à son bureau, tout avait disparu. Il avait lancé un filet où semblaient frétiller quantité de prises.

Quelques instants plus tard, il ne remontait des ténèbres que des mailles vides.

La cloche de la porte d'entrée égrena une suite de sons acides. Une voix cria :

— Bertrand ! Es-tu là ?

Il reconnut Jules Garriguié. Il repoussa les papiers entassés sur sa table, se leva, alla à sa rencontre. D'habitude, Jules ne venait pas à cette heure de la journée. Il ouvrit. Son ami semblait préoccupé.

— Que t'arrive-t-il ?

— J'ai besoin de toi.

— A ton service.

— En fait, ce n'est pas moi, mais un ami.

— Peux-tu m'en dire davantage pour éclairer ma lanterne ?

Jules regarda autour de lui, examina la maison.

— Tu passes l'inspection ?

— Est-ce qu'il y a quelqu'un chez toi ? demanda Jules, imperméable à l'ironie.

— Non.

— Tu es donc seul ?

— Oui. La nounou est allée faire des courses. Pourquoi toutes ces questions ?

— Il faut d'abord que je te dise : depuis plusieurs mois, je suis en relation avec les gens du maquis.

— Et tu ne m'en as jamais parlé !

— Je voulais éviter de te mettre dans le bain. Je connaissais tes opinions, pas tes intentions. Je ne savais pas si tu consentirais à t'engager. C'est très dangereux.

— Et toi ?

— Moi, je suis vieux, célibataire, et je n'ai pas de responsabilités. Je refusais de rester les bras croisés, de me contenter d'être un simple spectateur quand l'honneur et l'avenir de mon pays étaient en jeu. Je fais partie d'un réseau.

— Bravo ! Puis-je savoir pourquoi tu m'avoues cela aujourd'hui ?

— Parce qu'il y a urgence. Parce que j'ai besoin de toi tout de suite.

— Je suis ton ami.

— C'est au médecin que je m'adresse.

— Explique-toi.

— Il y a eu un sévère accrochage avec les Boches. Deux de nos gars ont été grièvement blessés, un troisième légèrement. Au camp, nous ne disposons que d'un infirmier débutant. Si les gars ne sont pas soignés, ils vont crever. Si nous sommes obligés de lever le camp, nous ne pourrons pas les emmener avec nous. Nous devrons les laisser sur place, au risque que les Allemands les récupèrent et les torturent pour les faire parler. La plupart de ceux qui tombent entre leurs mains ne s'en sortent pas. Ce sont des types extraordinaires, prêts à se sacrifier. Pour ne pas encombrer leurs camarades et les exposer à des représailles, ils demandent qu'on les liquide. Personne n'en a le courage. Il faut tout tenter pour les sauver. Voilà pourquoi j'ai besoin de toi. Tu es le seul qui puisse intervenir.

— C'est bon, dit Bertrand. Je prends ma trousse et nous y allons.

19

Jules gara sa vieille Renault sur le bas-côté du chemin.

— On ne peut pas aller plus loin. Il faut continuer à pied, dit-il.

— Allons-y, soupira Bertrand. C'est loin ?

— Environ une heure de marche.

— J'aurais dû mettre d'autres chaussures. Tu ne m'en as pas laissé le temps.

— C'est que nous n'en avions pas. La vie d'un homme est en jeu.

Ils s'engagèrent sous le couvert.

En franchissant la lisière du bois, le docteur Larivière prenait un gros risque. Il entrait dans la clandestinité. Il devenait complice des « terroristes ». Le paisible retraité de la marine se commettait dans une aventure dont il ignorait les rebondissements et l'issue. Il allait devenir le médecin attitré du maquis. S'il se faisait prendre, c'était l'emprisonnement, les interrogatoires, la torture, peut-être la mort. Sans l'avoir voulu, sans en être conscient, malgré lui, il devenait un héros, un de ces héros anonymes et modestes grâce auxquels la France serait un jour sauvée. Car, avant d'être une action, la Résistance était une pensée, un espoir.

Ces risques ne le tourmentaient pourtant pas tant il était occupé à poser un pied devant l'autre. Il avançait avec précaution, les yeux rivés au sol accidenté. Il faisait attention de ne pas glisser. Les semelles de ses chaussures de ville étaient lisses. Il était à la merci d'un faux pas. Qu'arriverait-il s'il se blessait en tombant ?

Depuis qu'ils avaient abandonné la voiture, Jules et Bertrand n'échangeaient pas une parole. Jules, qui connaissait l'itinéraire, ouvrait la route. Ce n'était plus un jeune homme depuis longtemps. Cette progression en forêt représentait un gros effort pour un homme de son âge. Il respirait bruyamment. De temps en temps, il s'arrêtait, s'étirait, cambrait les reins. Puis, s'appuyant à un tronc d'arbre, il soufflait profondément, avec un sifflement pareil à celui d'un soufflet de forge.

Bertrand profitait de la pause, quelques mètres derrière.

— J'ai soif, dit-il à la première halte.

— Nous avons oublié d'emporter une gourde, dit Jules.

— Peut-être trouverons-nous un ruisseau, une source.

— Je ne le crois pas.

Heureusement, la fraîcheur du sous-bois atténuait un peu l'échauffement de la marche. Mais ils ne le sentaient pas vraiment. Pour ces deux hommes âgés, il s'agissait d'une épreuve affrontée avec courage. L'un et l'autre puisaient des forces insoupçonnées dans la nécessité. Ils étaient soutenus par l'importance de leur mission et, dans ce défi qu'ils se lançaient et que l'histoire leur imposait, ils retrouvaient l'élan de leur jeunesse.

Un arbre, puis un autre, et encore un autre. Cela n'en finissait pas. Ils avançaient entourés d'arbres qui barraient l'horizon de tous les côtés, dans une odeur de résine et d'humus. Le soleil, plongeant ses bras à travers les feuillages, dessinait de pâles cercles d'or sur le sol inégal. S'ils levaient la tête, ils voyaient briller ici les aiguilles de pin, plus loin les feuilles dentelées des chênes. Du sentier argileux saillaient des pierres blanches pareilles à des os dénudés.

— C'est encore loin ? demanda Bertrand. Je suis épuisé.

— Nous arrivons. Encore une quinzaine de minutes.

— Ah, si seulement je pouvais boire une gorgée d'eau ! J'ai la langue comme un morceau d'amadou.

— Suce donc un caillou, ça fait saliver.

Au bout d'un quart d'heure, en effet, ils débouchèrent sur une petite clairière, occupée par une maison en ruine sur laquelle étaient tendues des toiles de tente vert bronze, sans doute récupérées de l'armée, ou parachutées par les Alliés.

Trois jeunes hommes en uniformes dépareillés, armés de mitraillettes, montaient la garde. D'autres discutaient devant la maison. Un grand gaillard barbu, coiffé d'un large béret de chasseur alpin, se détacha du groupe et vint à leur rencontre.

— Ah ! Vous voilà enfin ! s'écria-t-il avec soulagement.

— Comment vont-ils ?

— Pas fort. Henri a perdu beaucoup de sang.

— Je te présente le docteur Larivière, qui vient nous aider. C'est un ami.

— Merci d'être venu, docteur, dit le barbu en tendant la main. Nous avons grand besoin de vos services. Je m'appelle Julien Durieux. Je commande ce groupe. Venez. Nos blessés sont à l'intérieur. Il n'y a pas une minute à perdre.

— Pourrions-nous avoir un peu d'eau ? implora Jules.

— Bien sûr, dit Julien.

Il désigna sur la murette un seau avec une louche pour se servir. Ils burent avidement. Puis ils suivirent le lieutenant Durieux, qui les conduisit auprès des blessés : trois hommes allongés sur des paillasses, dans un coin de la pièce principale.

La lumière pénétrait chichement par une étroite fenêtre. L'ameublement sommaire disparaissait sous une couche de poussière. Des toiles d'araignée pendaient au plafond. Une cafetière fumait sur un réchaud de fortune d'où s'échappait une odeur d'orge grillée.

Deux des hommes allongés, agités de brefs soubresauts, gémissaient. Le troisième, inerte, les yeux clos, n'émettait aucun son. C'était le plus atteint.

Le docteur Larivière se pencha pour l'examiner.

— J'ai besoin de plus de lumière, dit-il.

Julien Durieux alluma deux lampes à pétrole, qu'il disposa à proximité.

— C'est tout ce que nous avons, s'excusa-t-il.

— On fera avec.

Le blessé grelottait de fièvre. Le contact des doigts lui arracha une plainte.

— Hum, fit le docteur Larivière, la balle est dedans. La plaie est profonde. Elle commence à s'infecter. Quand a-t-il été atteint ?

— Il y a deux jours. Une embuscade. On l'a transporté jusqu'ici.

— Quels soins lui a-t-on apportés ?

— Nous n'avons pas de médecin. Seulement un apprenti infirmier. Il a fait ce qu'il a pu avec les moyens du bord.

— Je vois.

Il fit une piqûre au blessé pour atténuer la douleur, nettoya la plaie, la sonda, puis entreprit d'en extraire le plomb. Il s'y reprit à plusieurs fois sans y parvenir. Un pli soucieux barra son front. Durieux s'en aperçut.

— Alors, docteur ?

— C'est plus délicat que je ne le supposais.

— Ce qui signifie ?

— Qu'il faudrait le transporter d'urgence à l'hôpital.

— Vous savez que c'est impossible. Les Boches seraient immédiatement informés et le récupéreraient. Ce serait atroce. Mieux vaut encore qu'il meure ici, libre, au milieu de ses camarades.

Jules et Bertrand échangèrent un regard chargé d'inquiétude.

— Je vais l'opérer, décida Bertrand.

Il n'avait pas d'anesthésique. Il imprégna d'éther une compresse, qu'il appliqua sur le nez du patient.

— Tiens-toi prêt à en rajouter lorsque je te ferai signe, dit-il à Jules.

— Mieux vaudrait que Durieux s'en occupe. Je suis trop vieux pour ce genre de responsabilité. Je risque de tourner de l'œil.

— D'accord.

Julien Durieux prit la bouteille et se tint prêt. Au bout de quelques minutes d'efforts, le docteur Larivière parvint à extraire la balle. Il épongea le sang sans parvenir à juguler l'hémorragie. Il utilisa des compresses, de l'eau oxygénée. Quand la plaie fut nette, il la considéra d'un air dubitatif.

— Quelque chose ne va pas ? demanda Durieux.

— L'opération a réussi, mais la blessure est salement infectée. Je vais vous laisser des médicaments et des compresses pour renouveler le pansement. Je reviendrai le voir dès que possible. Je ne garantis rien. C'est un homme jeune et de bonne constitution. J'espère qu'il s'en tirera.

C'est ainsi que le docteur Bertrand Larivière devint le médecin attitré du maquis.

Bénédicte retrouva Michel Gérone à son atelier. Elle avait apprivoisé ce solitaire à qui elle inspirait de l'affection. Il l'attendait dans un fauteuil à oreilles en fumant sa pipe.

— Tu ne travailles pas ? demanda-t-elle.

— Je vais aller sur le motif. J'ai besoin d'air.

— Je peux aller avec toi ?

— Oui.

Elle apprenait quantité de choses grâce à lui. Il avait promis de lui donner les clés de la campagne aixoise. Il tenait parole. Il décrivait merveilleusement les lieux, connaissait les histoires et les légendes qui s'attachaient à eux.

— Tu vois ce village, avec les maisons autour de l'église, la fontaine sur la place, le jeu de boules. Eh bien, ce n'est qu'une partie du village, son enveloppe. Le vrai village, c'est ce que tu ne vois pas.

— Tu te moques de moi. Tu dis des bêtises.

En s'intéressant ainsi à Bénédicte, Michel Gérone obéissait à une raison secrète. Lui-même avait bénéficié jadis des leçons et de l'exemple d'un homme exceptionnel dont les propos avaient durablement changé sa façon de voir. Il lui devait sa vocation. Quand il l'avait rencontré, la première fois, cet homme était déjà très âgé. C'était une sorte de sauvage bougon, arborant une barbe hirsute, avec un regard intense sous ses sourcils broussailleux. Il hantait en permanence les abords de la Sainte-Victoire.

Michel se souvenait des paroles de Paul Cézanne. Elles ne cessaient de le nourrir. Il avait dit : « Il y aurait des trésors à emporter de ce pays. Il n'a pas encore trouvé un interprète à la hauteur des richesses qu'il déploie. » Il avait été lui-même ce génial interprète qu'il appelait de ses vœux.

Depuis, Michel consacrait tout son temps, son intelligence, sa sensibilité, à interpréter ces richesses après son illustre prédécesseur. Sa vraie raison de vivre était là, entre la Torse, la route de Vauvenargues et la petite route du Tholonet. Ces voies s'échelonnaient parallèlement à la montagne qui en imposait le profil.

Les hauts lieux se nommaient les carrières de Bibémus, la colline des Pauvres, Château Noir. Et, de l'autre côté, à l'ouest d'Aix-en-Provence, la Marguerite, les Lauves, le Jas de Bouffan. Toute son existence s'était déroulée dans ce périmètre sacré. Tous ces endroits chantaient dans sa mémoire où ils occupaient un espace unique.

Michel Gérone avait connu Cézanne peu avant sa mort. Entre le maître proche de sa fin et l'innocent débutant, quelque chose s'était produit. Un courant était passé. Une chance inouïe pour Michel avait présidé à cette rencontre improbable.

Bénédicte suivait Michel sans cesser de jacasser. Elle posait des questions auxquelles il répondait de bonne grâce.

Soudain, il s'arrêta, déposa son attirail par terre, et commença à s'installer. Le paysage ne se distinguait par rien de remarquable. Au premier regard, il étalait une banalité monotone.

— Ce n'est pas joli, observa Bénédicte.

— L'important n'est pas que ce soit joli ou non, c'est que j'aie envie de le représenter. Maintenant, tais-toi. Laisse-moi travailler.

Un pan de route jaune entrecoupé d'ombres bleues occupait le premier plan. Lui succédait un amoncellement de roches blanches, de forme rectangulaire, qui ressemblaient à de gigantesques marches escaladant le flanc de la colline. Elles ne franchissaient pas la transversale que dessinaient des arbustes à mi-pente, dans un jaillissement de verts. Au-delà, brouillé par la distance, le sommet s'arrondissait sous le ciel transparent.

Michel peignit pendant trois heures. Pendant ce temps, Bénédicte gambadait, s'amusait avec des riens, ou s'interrompait pour le regarder travailler. Quand elle le vit essuyer ses brosses, elle s'approcha.

— Je peux regarder ?

— Viens.

Elle examina attentivement le tableau inachevé.

— C'est bizarre, fit-elle.

— Qu'est-ce qu'il y a de bizarre ?

— Je reconnais le paysage que tu as représenté et pourtant c'est différent. Tu as ajouté quelque chose, mais je n'arrive pas à voir quoi.

Michel sourit. Ses yeux brillèrent. Il était content.

— C'est très bien, petite, dit-il. Tu as l'œil.

20

L'été en Provence est une saison de contrastes. A partir de juin, la nature semble s'allonger pour une sieste de trois mois. Tout se fige. Le ciel d'un azur dur vibre d'une lumière intense. Rien ne bouge. La campagne accablée de chaleur grésille comme un beignet. La couleur des toits de tuile vire au jaune et ils témoignent de la sécheresse. Le chant des cigales emplit les pinèdes de stridulations monotones. Les lézards cherchent un peu d'ombre dans les interstices des pierres. Pas une feuille ne frémit aux branches des arbres. Les hommes se traînent à leur travail. Une simple marche épuise leur énergie. On dirait que le ciel trop ardent aspire leurs forces qui s'évaporent comme de l'eau. La gargoulette, enveloppée d'un linge, trône sur la fenêtre aux volets entrebâillés pour garder l'ombre. Elle contient l'eau fraîche qui désaltérera jusqu'au soir.

On pourrait interpréter cela comme une désolation, une sorte de fatalité qui étouffe le pays entre ses doigts de feu. Il n'en est rien. La période estivale est celle où l'on reçoit à la bonne franquette dans les maisons des champs parfaitement conçues pour cela, avec leurs terrasses ombragées, leurs chemins de terre avec leurs haies de platanes, de cyprès ou de micocouliers, les ruisseaux, les vasques d'où fusent des jets d'eau cristallins.

Dans les bastides, on pratiquait un art de vivre intimiste, très agréable, qui témoignait de l'urbanité provençale, une simplicité généreuse obéissant à des rites établis au fil des années. Et pourtant, on se croyait hors du temps, dans un cadre préservé, où, dans le doux frémissement des feuillages, se mêlaient harmonieusement les souvenirs, les songes, des bouffées d'aventures jamais concrétisées.

La construction de la bastide des Larivière remontait aux années 1830. Sur l'emplacement se dressait un ancien prieuré à l'abandon. Il avait été conservé, restauré et intégré aux nouveaux bâtiments. Sa présence permettait aux nouveaux propriétaires de justifier d'une plus grande ancienneté. Cela valait titre de noblesse.

Plus de quatre générations séparaient Bertrand du fondateur. Les Larivière – qui avaient perdu leur particule en chemin – n'avaient cessé d'habiter Sauveterre, de développer et d'enrichir le domaine. Malheureusement, l'époque était venue où il s'avérait impossible de continuer de la sorte. Les difficultés matérielles et financières obligeaient la plupart des domaines à se démembrer. L'entretien des bâtiments et des exploitations engloutissait des fortunes. Voilà pourquoi Bertrand avait signé un compromis avec Aldo Vincentelli, qui mûrissait un projet immobilier ambitieux.

Cela ne s'accomplissait pas sans douleur. Bertrand, face à des échéances préoccupantes, avait le sentiment de trahir sa lignée. Il était le premier à sacrifier des terres. La situation dramatique que le pays traversait pouvait servir d'excuse. Il n'en cherchait pas. Son déchirement intérieur correspondait à la réalité. Il assumait sa part de responsabilité, qui était grande.

Pendant des décennies, il avait négligé Sauveterre. Il avait aveuglément misé sur la bonne volonté de son ancien régisseur, qui l'avait grugé outrageusement. Il ne s'occupait de rien. Les affaires du domaine l'ennuyaient. Il menait sa vie ailleurs, comme il l'entendait, rejetant tous les soucis importuns. Evidemment, les soucis l'avaient rejoint et acculé à un mur.

Les amis et les relations se retrouvaient souvent à la bastide, où l'accueil était chaleureux et la chère excellente. Il y avait les Ripert, Victor Gélude et sa femme Hermine, Michel Gérone, qui venait souvent accompagné, Jules Garriguié, des relations, quelques voisins avec lesquels Bertrand vivait en bonne intelligence. L'adjudant Joseph Montellon avait été reçu trois ou quatre fois par politesse, et aussi parce qu'il n'était pas inutile de connaître un gendarme.

Le 6 juin 1944, les Alliés avaient débarqué sur les plages de Normandie. L'événement modifiait complètement la situation militaire en France. Les Boches faisaient preuve d'une grande nervosité. On assistait à des mouvements de troupes amenant des renforts vers le nord. Les nouvelles, diffusées par Radio Londres et la presse clandestine, se répandaient comme traînées de poudre. Pour la première fois depuis l'armistice, une lueur d'espoir pointait à l'horizon.

Julien Durieux informait régulièrement Bertrand de l'évolution du front. Pour fêter le débarquement, ce dernier avait invité les Ripert. Paul partageait ses idées politiques. Il ne s'était pas personnellement engagé mais exprimait sa sympathie.

L'avocat était depuis toujours un ardent défenseur de la république. Il avait vu avec consternation le maréchal Pétain s'emparer des rênes du pouvoir pour en faire un simulacre d'Etat, une grotesque mascarade. La mise en place des tribunaux d'exception l'avait écœuré et révolté. Il se reprochait sa lâcheté, qui l'avait poussé à prêter le fameux serment de fidélité au maréchal, faute de quoi il n'aurait pu exercer son métier.

Ils abordaient souvent le sujet avec Bertrand, dont il ne craignait pas des indiscrétions qui eussent pu lui être fatales. Il ignorait encore que son ami entretenait des liens étroits avec la Résistance et qu'il prenait des risques pour aller soigner au maquis les malades et les blessés. Lorsqu'il l'apprendrait, plus tard, il le regarderait d'un œil différent.

La grande table était dressée sur la terrasse, à l'ombre des platanes, derrière la maison, où il faisait plus frais. Paul et Bertrand buvaient un pastis en mangeant des olives. Eugénie Ripert sirotait un vin doux. Bénédicte, Jacques et Louis se promenaient à portée de voix de façon à répondre immédiatement à l'annonce du déjeuner faite par une clochette au son éraillé. La nounou aidait la cuisinière et la bonne à préparer les plats.

— Le débarquement est une excellente chose. Cependant, gardons-nous de crier victoire trop vite. Les Allemands disposent encore d'énormes réserves. La partie est loin d'être jouée, dit maître Paul Ripert.

— Ce n'est pas faux. Mais l'Allemagne seule ne viendra pas à bout du potentiel américain. Son économie est exsangue. En face, elle a l'énorme machine industrielle des Etats-Unis. Maintenant que les Alliés ont posé un pied en Normandie, ils ne le retireront plus. Ils élargiront la brèche à coups de canon. Les Boches sont pris en tenaille. Ils reculent à l'est et à l'ouest.

— Ne négligeons pas leur capacité de nuisance. Le fauve aux abois est toujours plus dangereux.

A bientôt quinze ans, Bénédicte était une très belle adolescente, à la taille bien prise, déjà formée. Sa longue chevelure d'un noir éclatant lui donnait de l'allure. Elle était vive, intelligente, gaie. La nature l'avait parée de toutes les qualités. Pour tout dire, Jacques et Louis étaient sous le charme. Ils n'avaient d'yeux que pour elle et rivalisaient en permanence pour attirer son attention.

Bénédicte découvrait avec ravissement le pouvoir de la séduction. Elle en jouait avec un instinct très sûr. Ah, il était loin le temps où, avec ses amies Magali, Jeanne et Sidonie, elle dénigrait les garçons en les traitant de balourds, de mal dégrossis, de vulgaires, voire de jeunes crétins ne comprenant rien. Une barrière d'ignorance et de pudeur les séparait, de part et d'autre de laquelle chacun vivait sa vie.

Elle se plaisait en la compagnie des fils Ripert. Voir les garçons attentifs à exécuter ses quatre volontés, s'empresser autour de sa personne comme deux amoureux transis lui était fort agréable. Cela la rehaussait à ses propres yeux. De surcroît, elle puisait là matière à faire pâlir d'envie les copines, voire à exciter leur jalousie. Elle ne se privait pas de ces petites satisfactions d'amour-propre.

Entre Jacques et Louis, son cœur balançait. L'aîné l'attirait par sa force et sa maturité. C'était un grand jeune homme, avec un regard franc et direct. Il réussissait dans ses études et visait la succession de papa. Il allait passer son bac et s'inscrire à la faculté de droit. Sa route était toute tracée. Il avait beaucoup d'assurance et inspirait confiance.

Louis était plus petit – ce qui ne s'expliquait pas seulement par la différence d'âge –, fluet, mais beaucoup plus doux que son frère. Il s'exprimait avec facilité, d'une façon souvent imagée. Raison pour laquelle elle l'avait baptisé « le poète ». Ce qui ne lui plaisait pas outre mesure.

Un ruisseau traversait la propriété de Sauveterre en aval de la bastide. Il n'était ni large ni profond à cet endroit. Bénédicte avait néanmoins prétendu qu'il était malaisé de le traverser. Aussitôt les garçons s'étaient mis à l'ouvrage.

— On va te construire un joli pont, dit Jacques, qui avait été boy scout.

Bénédicte les regardait travailler, le bas des pantalons remonté, dans l'eau jusqu'aux mollets.

— Nous sommes des pionniers, annonçait fièrement Louis.

Ils avaient chapardé quelques planches, ramassé des rondins dans le petit bois, apporté de la corde et quelques outils trouvés dans le bric-à-brac de Bertrand. Bénédicte les observait.

De temps en temps, elle décochait une remarque pour stimuler leur ardeur. L'ouvrage prenait tournure. Elle traverserait bientôt les pieds au sec, ce dont elle n'avait nul besoin puisqu'elle pouvait contourner l'obstacle par la route. C'était de sa part un caprice.

Soudain, un appel interrompit le labeur des pontonniers.

— Les enfants, lança Bertrand, le déjeuner est servi ! Allez vous laver les mains et venez vous asseoir.

Ils obéirent. Leurs places étaient en bout de table, à l'écart des adultes.

La bonne apporta les hors-d'œuvre, une salade de tomates agrémentée d'un poivron, de quelques anchois et de feuilles de basilic. A cause des restrictions, la matière grasse manquait. Bertrand recevait quelquefois une petite bouteille d'huile d'un ami travaillant aux huileries de Marseille. C'était de l'huile dérobée, extrêmement précieuse en ces temps de pénurie, et qu'il fallait économiser à la goutte près.

— Ces tomates ont un goût extraordinaire ! s'exclama Eugénie Ripert.

— Elles proviennent de notre potager. Nous les soignons, nous les bichonnons. Voilà pourquoi elles sont délicieuses.

Pendant qu'ils dégustaient, la conversation tomba. Chacun accordait la plus grande attention à ce qu'il mangeait. De simples légumes auxquels jadis on n'aurait pas accordé la moindre attention revêtaient aujourd'hui une importance considérable. La faim les tirait hors de leur banalité. Parce qu'ils étaient rares, ils en devenaient meilleurs.

Dans ce relatif silence retentirent soudain des bruits de pas rapides. Quelqu'un trottait sur le chemin de terre conduisant à la bastide. Un jeune garçon, qu'ils ne connaissaient pas, se présenta devant eux tout essoufflé.

— Qui es-tu ? demanda Bertrand.

— Régis, le fils des Bonin, répondit-il en reprenant sa respiration.

— Pourquoi cours-tu comme un dératé ?

— C'est urgent. On m'a recommandé de venir vous informer au plus vite.

— Qu'as-tu de si urgent à me dire ?

— Il s'agit de Jules.

— Jules Garriguié ?

— Oui.

— Que lui est-il arrivé ?

— La Gestapo est venue l'arrêter.

— Quand est-ce arrivé ?

— Ce matin. A huit heures, ils ont frappé à sa porte et ils l'ont emmené.

Le silence se fit. La consternation se peignit sur les visages. La nouvelle avait coupé l'appétit des convives. Chacun songeait au sort terrible qui attendait ce pauvre Jules. Juste au moment du débarquement, quand l'horizon s'éclaircissait... Il n'avait vraiment pas de chance.

21

Le 15 août 1944, l'armée du général de Lattre de Tassigny débarqua en Provence, conformément à l'opération *Dragoon* lancée par les Alliés. Elle progressa rapidement en direction de Toulon, de Marseille. Le 19 août, elle était aux portes de la cité phocéenne. Le 28, celle-ci fut libérée. Dans la foulée, ce fut le cas des agglomérations voisines, Aubagne, Aix-en-Provence. Le sommet de la Sainte-Victoire se dressait de nouveau fièrement au-dessus d'une campagne dévastée mais libre.

Bertrand et Bénédicte participèrent à la liesse générale avec enthousiasme. La population aixoise n'était pas moins ardente que celle de Marseille. Une foule énorme emplissait le cours Mirabeau, le cours Sextius, la place du palais de justice et toutes les rues adjacentes. Le drapeau tricolore flottait sur tous les édifices, d'où les bannières nazies avaient été arrachées, déchiquetées, brûlées. Des jeunes hommes arborant le brassard des Forces françaises de l'intérieur circulaient, armés de mitraillettes.

Parmi eux, à la tête de ses maquisards, Julien Durieux. Au hasard d'une rue, il croisa le docteur Larivière. Il le héla. Les larmes aux yeux, ils s'étreignirent.

— As-tu des nouvelles de Jules ? demanda anxieusement Bertrand.

— Aucune.

— Tu pourras te renseigner ?

— Je ferai mon possible, tu penses bien ! J'avoue que j'ai peu d'espoir de le retrouver vivant.

— Qu'est-ce qui te fait dire ça ?

— La défaite les a rendus enragés. Ils ont multiplié les exactions. On m'a raconté des scènes abominables survenues dans des villages. Les SS n'ont plus rien à perdre. Ils donnent libre cours à leur sauvagerie et à leur cruauté.

— Jules n'a pas eu de chance de tomber entre leurs griffes à ce moment-là.

— Non. Quelques jours de plus, et il aurait fêté avec nous la Libération.

Ils se regardèrent, les yeux embués de larmes, le cœur serré. Ils s'étreignirent de nouveau avec pudeur, en compagnons d'armes.

— A bientôt, Julien.

— A bientôt.

Bénédicte avait assisté à la scène avec une émotion d'une intensité ignorée jusque-là. Julien Durieux l'avait embrassée et elle avait encore sur les joues l'humidité de ses larmes.

Un peu plus loin, ils rencontrèrent Jacques et Louis qui hurlaient des chants patriotiques à pleine gorge. Ils s'embrassèrent. Bénédicte s'attarda, perdit de vue Bertrand dans la foule.

— Viens avec nous ! dit Jacques en la prenant par la main.

— Où m'emmenez-vous ?

— Partout et nulle part ! fit Louis en riant.

— Là où est la liberté ! ajouta Jacques.

La liesse populaire les soulevait au-dessus d'eux-mêmes. Ils flottaient dans une sorte de rêve, ivres de mouvements et de bruits. Ils ne s'appartenaient plus.

Ils appartenaient à la France. Un formidable élan patriotique les poussait en avant.

Bénédicte ne lâchait pas la main de Jacques Ripert. Ils marchaient plus vite que Louis, se faufilaient entre les gens avec vélocité. Louis les suivait avec de plus en plus de difficulté. Bientôt il ne les vit plus et, la mort dans l'âme, resta en arrière.

A un moment, Jacques et Bénédicte furent pris dans un tourbillon humain dont la violence les projeta l'un contre l'autre. Ils levèrent la tête au même instant et leurs regards se heurtèrent. Le contact de leurs corps les émut. Ils eurent la sensation d'être immobiles au centre d'une tornade, dans l'œil du vertige. La même nappe de chaleur se propagea de l'un à l'autre. On les pressait, les bousculait de toutes parts. Ils ne se rendaient compte de rien. Cela ne dura qu'un laps de temps très bref, mais ils eurent une sensation de durée.

Alors, brusquement, mû par une force qu'il ne pouvait contrôler, Jacques posa ses lèvres sur celles de Bénédicte, qui ne se déroba pas.

Bénédicte rentra à Sauveterre dans un état d'exaltation qui ne devait rien à la frénésie de la victoire. L'expérience qu'elle venait de vivre révolutionnait son existence. Elle avait embrassé un garçon. Elle avait découvert un plaisir nouveau, une sensation ineffable dont le souvenir la faisait frémir.

Elle hésitait à poser un nom sur cette émotion. Etait-ce là ce qu'on appelait l'amour ? N'était-ce pas plutôt un jeu délectable dont elle ignorait encore les règles ? Elle venait de franchir un seuil, une ligne invisible au-delà de laquelle elle devenait différente, opérait une mutation dont les prémices l'éblouissaient.

Car, après le premier effleurement des lèvres, Jacques l'avait embrassée « pour de bon » et la découverte avait été plus profonde, plus intime, plus engageante. Lorsque le garçon s'était détaché, à sa grande surprise, elle s'était entendue dire : « Encore. » Avait-elle prononcé ces mots ou la phrase s'était-elle formée dans sa tête avec une telle force d'évidence qu'elle croyait les avoir prononcés ? Après tout, cela n'avait guère d'importance. Ce qui en avait, c'était les baisers échangés, ce qu'elle avait goûté sur les lèvres un peu sèches du garçon qui devait être aussi impressionné qu'elle.

Son père l'observa, intrigué. Il décelait quelque chose d'anormal dans sa physionomie et son comportement inhabituel. Elle manifestait à la fois une sorte de lourdeur et de la volubilité.

— Qu'est-ce que tu as ? demanda-t-il.

— Rien. Je suis contente, comme tous les gens aujourd'hui, comme toi.

La réponse ne le satisfit pas. Ce n'étaient vraisemblablement pas les festivités de la Libération qui l'exaltaient à ce point.

Au dîner, Bénédicte ne parla presque pas. L'air absent, elle paraissait songeuse. Elle picorait dans son assiette. Sitôt le dessert avalé, elle décida de se retirer dans sa chambre sous un prétexte fallacieux.

— Je n'ai pas terminé mes devoirs.

— Par un jour pareil, c'est excusable, dit Bertrand.

Elle ne répondit pas. Elle monta dans sa chambre, ferma la porte et se jeta sur le lit. Elle désirait être seule pour repasser mentalement les événements de cette journée exceptionnelle qui avait conjugué la concrétisation d'un immense espoir populaire et la première expérience de sa vie de femme.

Les choses s'étaient déroulées indépendamment de sa volonté. Elle n'avait rien voulu, rien décidé, rien refusé non plus. Elle avait été mise au pied du mur, devant le fait accompli, surprise et éblouie d'avoir osé ce qui, quelques minutes plus tôt, lui eût paru impossible, impensable même. Toutes les secondes repassaient dans sa tête au ralenti, avec des arrêts sur image. Elle ne s'en lassait pas.

Etait-elle amoureuse ? Les sentiments qu'elle éprouvait ressemblaient à ce qu'elle avait entendu dire à ce sujet. Cependant, elle n'en était pas sûre. Elle s'était retrouvée dans les bras de Jacques par hasard, avec la complicité de la foule. Elle supposait que le garçon n'avait rien prémédité non plus. Elle savait seulement qu'elle lui plaisait et qu'il recherchait sa compagnie. Elle pouvait en dire autant de Louis, à qui elle accordait moins d'attention. Parce qu'il était le cadet, il exerçait moins d'attrait. Mieux valait finalement que ce fût Jacques.

Pourtant, quand Bénédicte détaillait le garçon, elle ne le trouvait pas très beau. Son air supérieur, un peu fat, lui déplaisait. Il était grand, certes, et la taille constituait l'atout principal d'un homme, mais trop mince, pas assez costaud. Elle le comparait à un roseau. Son type d'homme, c'était l'athlétique Johnny Weissmuller, qu'elle avait vu interpréter le personnage de Tarzan au cinéma. Quand, volant de liane en liane, il transportait sa fiancée dans les airs, elle aurait voulu être dans ses bras à la place de Jane.

Elle imaginait mal Jacques pousser le cri de guerre de Tarzan et courir à demi nu dans la forêt tropicale. Jacques était le type du fils de famille, fort en thème, sérieux, coulé dans le moule à fabriquer des bourgeois, prêt à succéder à son père au barreau d'Aix-en-Provence. Dans un an, il suivrait des cours de droit à l'Université, comme avant lui son père et son grand-père. Cette perspective n'était pas très romantique.

Mais, à cet instant, la pensée de Bénédicte n'allait pas dans cette direction. Le garçon qui l'avait embrassée possédait toutes les qualités.

Louis ruminait sa déconvenue. Lorsqu'il avait perdu Jacques et Bénédicte, emportés par la foule, il avait parcouru la ville afin de les retrouver. L'aiguillon de la jalousie taraudait son cœur. Par moments, il se surprenait à haïr son frère servi par la chance. Il souffrait d'être le cadet. C'était là une infériorité dont il pâtirait tout au long de sa vie. Il aurait mieux fait de ne pas naître et il en voulait à ses parents de l'avoir engendré.

Il avait étudié Chateaubriand en classe et il se souvenait de cette phrase terrible, au début des *Mémoires d'outre-tombe* : « Ma mère m'infligea la vie. » Elle le remuait dans les profondeurs de son être. Il voyait en l'auteur son lointain semblable, une sorte de cousin en sensibilité. Fort de cette rencontre, il s'était promis de lire toute son œuvre. Un homme qui avait écrit cela ne pouvait être qu'intéressant.

N'étant pas parvenu à retrouver son frère et Bénédicte, il se sentit désemparé. La joie des gens ne se communiquait plus à lui. Elle accusait au contraire son désespoir. Elle l'affectait. La liesse de la foule le rendait plus malade qu'il ne l'était. Il résolut de ne pas rentrer tout de suite chez lui. Il continua seul son errance. Il marchait au milieu d'une marée humaine qui le bousculait, le ballottait, comme un bouchon la houle.

Trois de ses camarades de classe le hélèrent. Ils n'appartenaient pas au petit groupe qu'il fréquentait d'ordinaire. C'étaient plutôt des fortes têtes, des élèves indisciplinés, des marginaux qui totalisaient un nombre impressionnant de punitions. Sympathiques au demeurant. Ils semblaient un peu éméchés.

— Suis-nous, Louis. On s'amuse comme des fous.

Il aurait dû décliner l'offre. Il l'accepta et se laissa entraîner par la bande avec la délicieuse sensation de s'encanailler. Ils s'arrêtèrent dans un bar où ils burent de la bière, dans un autre ils commandèrent du vin. Maurice, le plus déluré, sortit de sa poche un paquet de cigarettes et en offrit à ses copains.

Louis, qui n'avait jamais fumé, en prit une. La première bouffée de tabac irrita sa gorge et il toussa. Néanmoins, il persista. Pour faire comme les autres, pour se sentir un autre. La fumée piquait ses yeux larmoyants. Il ne prenait aucun plaisir. Il se demandait si les autres en avaient. L'âcre fumée du tabac ne semblait pas les incommoder.

Ils abordèrent un groupe de filles affranchies qui se laissèrent embrasser et lutiner. C'étaient de jeunes ouvrières de la manufacture d'allumettes, d'une beauté vulgaire et peu farouche.

Louis se sentit de trop. Il ne voulait pas se mêler à leurs jeux. S'il cédait, ce serait une insulte à Bénédicte, la preuve qu'il ne la méritait pas.

Il prit congé et se dirigea vers sa maison. Ses parents, déjà rentrés, l'attendaient.

— Tu n'es pas avec Jacques ? s'enquit Paul Ripert.

— Non.

Bertrand Larivière, qui se trouvait là, se morfondait.

— Et Bénédicte ? demanda-t-il.

— Ils sont ensemble.

— Où ?

— Je ne sais pas. Il y a deux heures que je les ai perdus de vue.

— Il se fait tard, dit Bertrand. Je ne veux pas que Bénédicte traîne dans les rues à une heure pareille. Je vais à leur recherche.

Joignant le geste à la parole, il sortit.

Maître Ripert observait son fils.

— Tu n'es pas dans ton état normal.

Louis ne répondit pas. Il était devenu très pâle. Une irrésistible nausée l'envahissait. Il essayait en vain de la dominer. Il ne pouvait pas avouer à son père qu'il avait trop bu et trop fumé. Maître Ripert ne transigeait pas avec le respect des règles de conduite. Les arguments de son cadet ne le fléchiraient pas. A ses yeux, il n'avait aucune excuse.

Soudain, Louis se dressa sur ses jambes flageolantes et fila en direction du cabinet de toilette. Il se pencha au-dessus de la cuvette et vomit à plusieurs reprises.

Il se releva épuisé, la bouche amère, avec des maux de tête.

Eugénie Ripert, inquiète, vint aux nouvelles. Chancelant, il s'appuyait au mur. Tout tanguait autour de lui.

Eugénie emplit un verre d'eau et le lui tendit.

— Tiens ! Bois ça.

Il obéit, sentit un léger mieux.

— Que t'est-il arrivé ? s'inquiéta Eugénie.

— Excuse-moi, maman. Je t'expliquerai plus tard. Pour l'instant, j'ai besoin de me reposer.

22

La France sortait exsangue de la Seconde Guerre mondiale. Il fallait réparer, réorganiser, reconstruire, écraser les résidus du fascisme, redonner au pays son vrai visage. Le général de Gaulle s'y employait à la tête du gouvernement provisoire. Mais il se heurtait déjà à des difficultés venues de politiciens ambitieux et mesquins, plus soucieux d'obtenir des places et de magouiller dans l'arrière-boutique que de servir la grandeur de la France.

Dans ce climat, Aldo Vincentelli était à son affaire. Il pouvait enfin donner libre cours à son esprit d'entreprise. Beaucoup de logements manquaient. Les gens éprouvaient les plus grandes difficultés à se procurer un toit. La plupart des appartements étaient insalubres. C'était le moment d'utiliser les terres gelées par Bertrand Larivière.

Les deux hommes se réunirent plusieurs fois pour mettre au point le projet, définir les attributions, s'accorder sur l'importance des travaux et leur financement. C'était plutôt Aldo qui parlait car Bertrand n'y connaissait rien et répugnait à s'initier à un domaine pour lequel il n'avait aucun goût. Il laissa donc Aldo effectuer les démarches et prendre les initiatives. Il suffisait que celui-ci l'informât de l'avancement du projet au fur et à mesure.

Il se sentait d'ailleurs patraque. Quelques mois auparavant, il avait eu une petite alerte cardiaque dont il ne s'était pas complètement remis. Il éprouvait une grande lassitude. Il savait mieux que quiconque qu'il devait se ménager, éviter les gros efforts, suivre un régime. La disparition de Jules Garriguié l'avait beaucoup affecté. La guerre était terminée depuis deux ans et il n'avait toujours pas de nouvelles de son ami.

Lorsque les troupes américaines avaient libéré les camps de concentration, elles avaient découvert l'horreur. Le bruit s'était répandu de la barbarie nazie, de la solution finale, des fours crématoires. Près de six millions de personnes avaient disparu. Des noms qu'on ne connaissait pas dessinaient d'un trait de sang l'itinéraire de la mort : Auschwitz, Belzec, Chelmno, Maïdanek, Sobibor, Treblinka, Buchenwald... Peut-être le pauvre Jules se trouvait-il enterré dans les charniers parmi ces monceaux de cadavres entassés. Peut-être était-il parti en fumée dans une chambre à gaz.

Bertrand frissonnait à cette pensée terrible. Il devinait que la réalité dépassait l'imagination. Il était impossible de se représenter ce que les nazis avaient perpétré dans les camps de concentration, la froideur dévastatrice de la mécanique à broyer, l'inhumanité du système dont on découvrait peu à peu les rouages.

Une fois de plus, ce fut Julien Durieux qui apporta la réponse. Il entretenait toujours des relations étroites avec les réseaux communistes. Sans être lui-même membre du PC, il avait ses entrées en qualité de sympathisant et de compagnon de route. Les liens établis au maquis, dans l'action clandestine, perduraient une fois la liberté recouvrée.

Il se présenta un jour à la bastide. Une traction avant noire s'arrêta dans la cour, devant le perron. Julien en sortit. Bertrand le reconnut aussitôt et alla à sa rencontre.

— Je suis heureux de te voir, dit-il en lui donnant l'accolade.

— Excuse-moi de ne pas t'avoir prévenu de ma visite.

— Ma porte est toujours ouverte pour les amis.

Bénédicte sortit à son tour. A dix-huit ans, c'était maintenant une femme, dans tout l'éclat de sa jeunesse triomphante.

— Que tu es belle ! s'exclama Julien, admiratif.

En quelques mois, elle s'était métamorphosée. La chrysalide était devenue papillon. Il n'en croyait pas ses yeux.

Bénédicte tourna la tête. L'intensité de son regard la gêna. C'était celui d'un homme découvrant une femme désirable et qui ne cachait pas son émoi. Cet hommage muet en était presque indécent.

— C'est gentil d'être venu, dit-elle. Tu fais plaisir à papa.

— Comment vont les études ? s'enquit-il.

— Le mieux du monde. J'ai eu mention bien au bac. Je suis inscrite en médecine à Marseille.

— Félicitations !

Bertrand intervint.

— Je suppose que tu n'es pas venu pour badiner avec ma fille.

Julien Durieux redevint sérieux.

— J'ai des nouvelles de Jules, dit-il.

— Bonnes ? interrogea Bertrand avec empressement.

— Hélas, non !

— Donne-moi des détails.

— Après son arrestation, la Gestapo s'est occupée de lui. Il a été torturé. D'après mes informations, il n'a pas parlé. Il n'a donné aucun nom.

— Comment a-t-il pu résister, à son âge ? s'exclama Bertrand. Où a-t-il puisé la force ?

Il songea que, dans la même situation, il n'aurait sans doute pas eu ce courage.

— Il était dans un piteux état lorsqu'ils l'ont laissé. Il est resté plusieurs jours en cellule où il a un peu récupéré. Puis on l'a mis dans un convoi à destination de Buchenwald. Il n'y est jamais arrivé. Il est mort pendant le voyage.

— C'est affreux.

— Certes. Mais il a échappé au sort qui l'attendait.

Ils se turent quelques minutes, réfléchissant au tragique destin de leur ami.

— C'était un type bien, dit Bertrand.

— Je suis heureux de l'avoir connu, ajouta Julien Durieux.

La nounou, qui servait fidèlement les Larivière depuis 1935, sollicita un entretien avec Bertrand. Cette femme dévouée et discrète avait consacré sa vie à Bénédicte, pour laquelle elle éprouvait une réelle affection. Elle avait sacrifié pour cela sa vie de femme. Elle habitait à la bastide, d'où elle ne sortait que pour faire des courses ou se promener dans Aix-en-Provence.

Elle n'avait pas de gros besoins. Elle dépensait peu, mettait son argent de côté et disposait à présent d'une somme importante. Bénédicte n'avait plus besoin d'elle depuis longtemps. Cependant, elle était restée, trouvant à se rendre utile. Une dizaine d'années s'étaient écoulées. Elle ne se plaignait pas d'être éloignée de sa famille. D'ailleurs, pendant les années de guerre, les relations avec l'Indochine s'avéraient impossibles. Elles avaient repris depuis deux ans, grâce à quoi la nounou avait reçu une longue missive l'informant de ce que les siens avaient vécu et enduré à cause des Japonais.

Sa sœur, qui avait écrit la lettre, l'informait de la santé de sa mère. La vieille femme souffrait d'un cancer. Elle vivait dans d'atroces douleurs et ses jours étaient comptés. Consciente de sa fin prochaine, elle souhaitait revoir sa fille une dernière fois.

La nounou expliqua cela à Bertrand.

— Que comptez-vous faire ? demanda-t-il.

— Je vais rejoindre ma famille. Il y a longtemps que nous sommes séparés. Je veux assister aux derniers instants de ma mère.

— Je comprends et je vous approuve. Nous vous tenons en haute estime. Vous faites partie de la famille. Dites-moi si vous avez besoin de quoi que ce soit.

— Je vous remercie. Ce voyage est un nouveau déchirement. Je me fais beaucoup de souci.

— Embarquerez-vous à Marseille ?

— Non. Par bateau, le voyage est beaucoup trop long. Je veux être à Hanoi le plus tôt possible. Je prendrai l'avion.

— Avez-vous besoin d'argent ?

— J'ai ce qu'il faut.

— Faites très attention. L'Indochine n'est plus celle que nous avons connue. La situation se dégrade. On parle de la lutte du peuple vietnamien pour son indépendance.

— La lettre de ma sœur n'en dit rien.

— Vous verrez sur place. Ecrivez-nous. Ne nous laissez pas sans nouvelles.

Quinze jours plus tard, Bertrand accompagna la nounou à la gare Saint-Charles où elle monta dans le train de Paris. Là, elle prendrait un avion qui la conduirait en Indochine, via plusieurs escales. Bénédicte, en larmes, embrassa avec effusion la femme qui l'avait élevée.

— Tu reviendras, dis ?

— Je te le promets, répondit la nounou en se dégageant doucement des bras qui l'étreignaient.

Bertrand fit mine de la croire. Nul doute qu'à cet instant elle était sincère. Elle était convaincue de revenir. Il savait que de retour au pays elle oublierait sa promesse. Sa vie n'était plus en Provence. Son pays la reprendrait parce que c'était sa terre, son sang, sa mémoire.

Que retrouverait-elle là-bas ? Dans les combats qui s'amorçaient, de quel côté se situait sa famille ? Voudrait-elle servir de nouveau des Français, des colonialistes, alors que des mouvements insurrectionnels se préparaient et que la métropole commençait à envoyer des troupes pour maintenir son autorité ?

Bertrand regarda longuement la nounou lorsqu'elle monta dans le train. Il lui avait jusque-là accordé peu d'attention. C'était comme s'il la découvrait au moment où elle s'en allait, sans doute définitivement. Elle avait toujours été transparente. Il ne connaissait même pas son âge. Il ne s'était pas aperçu qu'elle avait vieilli et qu'il l'avait privée de sa vie.

Sa pensée se tourna alors vers Bénédicte. Elle arriverait bientôt à sa majorité et vivrait à sa guise. Il en oubliait que c'était une Vietnamienne, comme la nounou. Comment évoluerait-elle dans les années à venir ?

Jusqu'à présent, cela ne soulevait aucun problème. Son pays natal ne lui manquait pas. Elle revendiquait son appartenance provençale. Elle ne s'intéressait pas à la politique, à l'exemple des jeunes gens qu'elle fréquentait.

Du grand livre de la vie, une page tournait, se refermait définitivement. Bénédicte savait qu'elle ne reverrait plus sa nounou. Sa peine était grande. Elle n'avait qu'à se féliciter des soins qu'elle lui avait prodigués et de son affection. Elle se rendait compte à présent de son attachement. La nounou n'avait jamais été une domestique comme les autres. C'était une parente. Elle avait sa place dans la maison, et maintenant cette place était insupportablement vide.

Bénédicte entra dans la chambre occupée par la nounou. Le lit était fait, avec des draps propres. Il n'y avait plus rien dans l'armoire, plus un objet, plus le moindre souvenir. Elle avait l'impression d'avoir poussé la porte d'une pièce anonyme. D'une certaine façon, elle se sentait abandonnée. Elle venait de perdre un être cher. Tout son amour se reportait sur son père.

Bertrand, malgré les sentiments qu'il lui portait, était un homme pudique et un peu froid, peu enclin aux manifestations. Il ne pouvait répondre à son attente. L'idée que sa fille adoptive manquait de preuves d'affection ne l'effleurait pas. Si on lui avait dit qu'il n'apportait pas à Bénédicte ce qu'elle attendait, il en eût été fort surpris et désolé.

La présence d'une enfant était venue trop tard. Il aimait sa fille adoptive sans le montrer, par pudeur et par maladresse. Il n'avait pas su s'y prendre ni comment s'adapter. Il avait écouté les conseils de Jules Garriguié sans être capable de les appliquer. Sur le plan matériel, Bénédicte ne manquait de rien. Il veillait à son éducation, à la bonne marche de ses études. Il cherchait pour elle ce qu'il y avait de meilleur et lui laissait une marge de liberté très supérieure à celle en usage dans son milieu.

Peut-être Bénédicte avait-elle été privée d'une présence féminine. Elle n'avait pas de mère. Quand elle se comparait à ses amies, elle en souffrait secrètement. D'où le rôle essentiel de la nounou, qui avait comblé ce manque. En partant, celle-ci arrachait les liens maternels factices qui s'étaient tissés au fil des années. De sorte que Bénédicte ressentait son départ comme un abandon.

Pour fuir la maison où tout lui rappelait la nounou, elle eut recours à son moyen habituel : une longue promenade dans le massif de la Sainte-Victoire. Elle téléphona à ses meilleures amies pour les inviter à l'accompagner. Elles bavardaient en chemin. Ce serait plus agréable. Malheureusement, elle jouait de malchance. Aucune n'était disponible.

Elles avaient présenté le baccalauréat ensemble. Elles avaient toutes réussi. A partir de ce moment, leurs routes avaient divergé. Bénédicte s'était inscrite en médecine, Magali Destrousse en droit. Sidonie Bestilde, forte en sciences, entamait des études de physique. Quant à Jeanne Lestignac, tentée par la littérature et le journalisme, elle avait pris une double inscription à la faculté des lettres et à l'école des sciences politiques. Elles n'avaient ni les mêmes ambitions, ni les mêmes horaires. Par la force des choses, leurs relations se distendaient.

Bénédicte, déçue, partit seule. Ses pas la conduisirent chez Michel Gérone, qui travaillait à un grand format.

— Qu'est-ce qui t'amène ? demanda-t-il. Je ne t'attendais pas aujourd'hui.

— Je suis malheureuse, confia-t-elle.

— Raconte.

Elle vida son sac, dit ce qu'elle avait sur le cœur. Après, elle se sentit mieux.

— Ce n'est pas grave, la réconforta Michel. Ce sont des choses pénibles sur le moment. Après, on les oublie. On s'étonne même qu'elles aient pu avoir des conséquences disproportionnées.

— Tu dis ça pour me rassurer.

— Non. C'est ainsi que ça se passe. Tout le monde te le dira.

Il retira du chevalet la toile en préparation, la remplaça par une blanche, d'un format plus petit.

— Qu'est-ce que tu fais, Michel ?

Sans répondre, il disposa un tabouret devant son chevalet.

— Assieds-toi là, ordonna-t-il.

— Pourquoi ? s'étonna-t-elle.

— J'ai promis de faire ton portrait, dit-il. Eh bien, c'est le jour ! Nous allons nous y mettre. Tu te tais, et surtout tu ne bouges pas.

23

Bénédicte, habituée à Aix-en-Provence, jugea Marseille sale et vulgaire. Le port cosmopolite grouillait de personnages peu recommandables. Derrière le pittoresque, qui ne la séduisait aucunement, se dissimulaient des tares et des vices. Les ruelles engendraient toutes les turpitudes. Elle avait peur de s'aventurer dans les quartiers mal famés. Or, ceux-ci ne se situaient pas à la périphérie mais au cœur même de la cité. Un cœur pourri qui pulsait un sang épais infecté de poisons.

Il fallut plusieurs jours à la jeune fille pour s'habituer à cette ville où, comme disait la marquise de Sévigné, l'air « était un peu scélérat ». La peur se mua en appréhension, puis en simple malaise, enfin en acceptation. Plusieurs de ses condisciples de première année, venus d'ailleurs, avaient vécu la même évolution. Un grand gaillard, natif de Carpentras, qui ambitionnait de devenir chirurgien, avait déclaré de sa voix tonitruante : « Ici, avant de songer à réussir sa médecine, il faut réussir son adaptation, sinon, c'est fichu. » Selon les individus, cela demandait plus ou moins de temps. Bénédicte, quoique issue d'un milieu protégé, ne s'en tirait pas trop mal.

La faculté de médecine se trouvait idéalement située, dans un parc dominant le Vieux Port et la rade. De là, on voyait la cité historique avec la cathédrale néobyzantine, et, par temps clair, la vue portait loin, jusqu'à l'Estaque. Sur cet emplacement, l'empereur Napoléon III avait fait construire un très joli palais en l'honneur de sa femme Eugénie, séduite par la beauté de l'endroit. Le caprice de la princesse avait été sans lendemain puisqu'elle n'avait jamais daigné y séjourner.

Il arrivait que Bénédicte reçût une lettre de Jacques Ripert. Il ne l'oubliait pas. Il se souvenait de leur premier baiser avec une émotion intacte et protestait de son amour indéfectible. Ils s'étaient retrouvés seuls, en tête à tête, trois ou quatre fois par la suite, sans franchir les limites d'un simple flirt. Bénédicte n'avait rien accordé de plus. Nullement découragé, Jacques continuait de lui faire une cour pressante.

Louis observait avec satisfaction que l'aventure ne tournait pas en faveur de son frère. Il escomptait avoir un jour sa chance et soupirait en silence. Pour Bénédicte, ces deux garçons étaient des amis de jeunesse. Les privautés accordées à l'aîné n'entraînaient aucune conséquence. Elle n'était pourtant pas innocente des dégâts qu'elle produisait. Fine mouche, mutine, voire allumeuse, elle aimait plaire, et jouait avec leurs sentiments. Elle piétinait allègrement les cœurs offerts.

Jacques Ripert l'avait traitée d'insensible et de cruelle.

« Un jour, avait-il prophétisé, tu te repentiras de t'être moquée de moi et de m'avoir tant fait souffrir. Tu souffriras à ton tour. »

Bénédicte n'avait toujours pas rencontré son maître.

Les lendemains de guerre réservaient des surprises. Un matin, vers dix heures, le téléphone sonna. Bertrand décrocha le combiné.

— Allô !

— Docteur Larivière ? demanda une voix grave à l'autre bout du fil.

— Lui-même.

— Je suis Fabio Vincentelli. Vous souvenez-vous de moi ?

— Bien sûr ! Comment allez-vous ? Où étiez-vous passé depuis tant d'années ?

— C'est une longue histoire.

— J'imagine. D'où m'appelez-vous ?

— De chez mon père.

— Vous êtes-vous réconciliés ? J'en suis heureux.

— C'est mon père. On ne peut pas rester fâché avec ses parents. J'ai su qu'il n'avait pas eu une mauvaise conduite pendant la guerre. Quand il a vu de quoi les fascistes et les nazis étaient capables, il a changé d'opinion.

— Je vous approuve, Fabio. Je suis heureux d'apprendre que vous êtes en vie. Nous nous sommes fait beaucoup de souci pour vous. Mais, enfin, vous voilà sain et sauf.

Fabio arrivait à un âge où l'homme éprouve le besoin de poser son sac, de faire son trou, de fonder une famille avant qu'il ne soit trop tard. Il fit un rapide calcul mental. Fabio approchait des quarante ans. Ce n'était plus un jeune homme.

— Savez-vous que votre père et moi sommes en affaires ? reprit Bertrand.

— Il m'en a parlé. C'est un beau projet.

— Je suis heureux que vous l'approuviez. Il y tenait beaucoup et il a de bonnes idées.

Fabio sembla réfléchir à ses propos.

— Puis-je vous rendre visite ? demanda-t-il.

— Naturellement. Il suffit de me prévenir.

— Mercredi matin vous conviendrait-il ?

— Je vous attends.

Fabio Vincentelli avait réussi à rejoindre les Forces françaises libres après un périple de plusieurs mois à travers l'Espagne, le Portugal, les îles Canaries, où il avait embarqué sur un cargo argentin à destination de la Grande-Bretagne. Il était enfin arrivé à destination, s'était rendu à l'état-major, et les ennuis avaient commencé. On l'avait traité comme un suspect. Il avait dû subir des interrogatoires serrés.

N'ayant pas la nationalité française, il éveillait les soupçons des autorités gaullistes. Il était italien. Appartenant à une nation ennemie belligérante, il devait apporter les preuves de sa bonne foi et convaincre les officiers de la sincérité de son ralliement. Il avait finalement intégré un régiment d'infanterie de marine avec lequel il avait fait la campagne de France et celle d'Allemagne où il avait séjourné plusieurs mois avec les troupes d'occupation. Il avait obtenu le grade d'adjudant. Il aurait pu saisir l'opportunité de faire une carrière militaire. Ce n'étaient pas ses idées. Il s'était engagé le temps de la guerre pour combattre l'ennemi commun, par devoir, non par goût.

— Quand j'ai été libéré, je ne savais pas où aller. J'avais amassé un petit pécule. J'ai décidé de tenter ma chance en Italie puisque le pays était libéré de l'emprise fasciste. Je me suis retrouvé à Turin. La misère était terrible. Il n'y avait pas de travail.

— Vous avez fait le même chemin qu'autrefois, mais pas pour les mêmes raisons.

— C'est cela.

— Si je comprends bien, vous êtes au chômage.

— Je me suis dit que le poste que j'occupais chez vous était peut-être libre. Vous me connaissez. Vous avez apprécié mon travail. Je tente ma chance.

— Vous avez raison. Depuis votre départ, le domaine n'est pas exploité à sa juste valeur. Je n'ai trouvé personne de fiable pour vous remplacer.

— Cela veut-il dire que vous seriez d'accord ?

— Parfaitement. Nous allons régler les détails du contrat. Vous commencerez le plus tôt possible. Il est grand temps de remettre nos affaires en ordre.

— Merci, dit Fabio en se levant pour prendre congé.

— Vous boitez ? fit Bertrand en constatant sa légère claudication.

— Une balle dans la cuisse, lors de l'attaque de Colmar. On ne m'a pas amputé de la jambe. C'est le principal.

Le docteur Larivière écrivait dans son bureau. C'était sa pièce préférée. Tous les matins, il s'y enfermait avec ordre de ne pas le déranger. Seule Bénédicte avait le droit de transgresser la règle. Pendant deux ou trois heures, il lisait les gazettes, puis son courrier. Il réfléchissait, rêvassait, repassait ses souvenirs. Parfois, il écrivait dans un gros cahier à spirale. Il prenait des notes au hasard des idées, sans savoir s'il les exploiterait. Ce n'était pas un journal ni des mémoires organisés. Mais cela occupait l'esprit. C'était un passe-temps intelligent.

Il avait écoulé presque tous les exemplaires de *Médecin des terres jaunes*. Son exemplaire personnel était relié pleine peau avec son monogramme. Victor Gélude avait aimé, Paul Ripert aussi. Il accordait du prix à leur jugement.

« Pourquoi n'en écris-tu pas un autre ? avait suggéré Victor. Je suis prêt à l'imprimer.

— Ce n'est pas mon métier. Je me suis amusé. J'ai tué le temps, c'est tout. Je n'ai pas la prétention de savoir écrire.

— Tu as un beau brin de plume.

— Tu sais mieux que moi que ça ne suffit pas. Je ne veux pas sombrer dans le ridicule de ces prétentieux qui publient leur « œuvre » à compte d'auteur en prenant la pose de l'écrivain. J'ai trop de respect pour les belles-lettres.

— Tu as sans doute raison.

— Je me suis efforcé d'être un bon médecin. Je crois y être parvenu. Cela suffit à ma gloire. »

Il arrivait que Bertrand n'écrivît pas une ligne. Il réfléchissait devant le cahier ouvert sans prendre la plume. De fuyantes impulsions traversaient son esprit sans s'arrêter. Il s'enfonçait dans une sorte de sommeil hypnotique. Il s'endormait parfois pour de bon, ne se réveillant qu'à l'heure de l'apéritif.

Il était en train de noter une anecdote amusante racontée par Paul Ripert quand la porte s'ouvrit. Bénédicte entra, un paquet sous le bras. Un objet plat, assez volumineux, enveloppé dans du papier journal.

— Qu'est-ce que c'est ? demanda-t-il, intrigué par l'intrusion de sa fille à une heure inhabituelle et par ce mystérieux paquet.

— Un cadeau. Tu vas voir.

Elle déchira le papier avec précipitation et dévoila un superbe tableau représentant une jeune femme peinte de face avec derrière elle une montagne dont il reconnut immédiatement le relief.

— Mais c'est toi ! s'écria-t-il, admiratif. Il est magnifique !

La toile unissait dans sa composition les deux choses qu'il aimait le plus au monde : sa fille Bénédicte et la Sainte-Victoire.

— C'est Michel qui l'a peint, dit Bénédicte. Il me l'a offert.

— Michel est un grand artiste. Il t'a fait là un très beau cadeau.

— Il te plaît ?

— Bien sûr, qu'il me plaît ! Tu vas le mettre dans ta chambre.

— Non. J'ai une meilleure idée.

— Puis-je savoir laquelle ? Dans la pièce aux souvenirs que je t'ai aménagée lorsque nous sommes arrivés en France ?

— Je n'y mets jamais les pieds.

Elle prit le tableau à bout de bras, se déplaça d'un endroit à l'autre en le haussant pour juger de l'effet.

— Tu vois, papa, sa vraie place est dans ton bureau. Je serais heureuse que tu acceptes de l'accrocher ici.

24

Le Grand Hôtel Splendid, situé au haut du boulevard Dugommier, qui conduisait à la gare Saint-Charles, accueillait plusieurs fois par an des manifestations mondaines et de grands bals. Ils débutaient à vingt ou vingt et une heures. On les appelait des nuitées. Ces festivités, organisées par les sociétés d'étudiants, rassemblaient beaucoup de jeunes gens. Elles étaient à la mode et rencontraient en général beaucoup de succès.

Il s'en donnait aussi quelquefois au Grand Hôtel Noailles, sur la Canebière. C'était un établissement de luxe, une des meilleures adresses de Marseille. Les bals qui s'y déroulaient n'intéressaient pas la même clientèle. Ils s'adressaient à la jeunesse dorée.

Les plus courues, parce que les plus brillantes, étaient la Nuit de la médecine et la Nuit de la pharmacie. Les étudiants, qui s'y pressaient nombreux, constituaient l'essentiel du public. On côtoyait là toute la jeunesse estudiantine de Marseille et des environs. Rares étaient ceux qui ne suivaient pas d'études supérieures. Cela créait une ambiance particulière, sans rapport avec les bals populaires, où les rejetons de la bourgeoisie locale allaient parfois s'encanailler, les *balletti* des quartiers.

Les tables occupaient les vastes salles du rez-de-chaussée. Sur un podium décoré de fleurs et de guirlandes, dans une débauche de lumière, un orchestre jouait et animait le bal jusqu'à l'aube. Après, les noctambules épuisés, pareils à des fêtards de la Belle Epoque titubant sur leurs jambes, descendaient la Canebière jusqu'au Vieux Port. Ils buvaient le premier café du matin, le « petit noir », avant d'aller se reposer.

Ce vendredi soir, un bal était donné en l'honneur des médecins. Bénédicte, ravissante dans une robe tulipe rose, était venue accompagnée de Sidonie et de Jeanne. Magali, en voyage en Italie, n'avait pas pu se joindre à elles. Depuis qu'elle avait un amoureux, ses amies la voyaient moins souvent.

Les frères Ripert étaient là aussi, dans le rôle de chevaliers servants. L'un et l'autre ne perdaient pas de vue Bénédicte. La même rivalité les opposait. Chacun espérait avoir enfin sa chance à la faveur de quelque danse langoureuse ou romantique. Slow, tango, rumba favorisaient les rapprochements. Beaucoup d'histoires d'amour commençaient sur un pas de danse.

Avoir des filles à sa table constituait alors un privilège. Sinon, les garçons devaient vaincre leur timidité, se lever, traverser l'espace les séparant des filles convoitées, s'incliner devant elles, et les inviter à danser. L'échec était cuisant et public. Renouveler la tentative au cours de la soirée relevait de l'exploit.

Si, par bonheur, le garçon trouvait une cavalière à son goût, il s'ingéniait à la conserver jusqu'à l'aube. Il ne dansait qu'avec elle. Il n'avait même plus besoin de l'inviter. Il lui suffisait de se lever pour qu'elle fasse de même. Une étroite connivence unissait le cavalier et sa cavalière. Cela durait le temps de la soirée. Parfois davantage.

A cette époque, la société était encore coincée, les mœurs rigides. Certaines jeunes filles n'obtenaient pas la permission de minuit, sauf si elles étaient accompagnées par un garçon de confiance, une sorte de tuteur chargé de veiller sur elles.

Bénédicte repéra à la table voisine un grand garçon brun, au beau visage énergique, qui ne cessait de la fixer. Quoique son insistance la gênât, elle ne détourna pas les yeux. Le garçon lui sourit. Un peu aguicheuse, elle lui rendit son sourire. Ce n'était pas exactement de la politesse de sa part. De la coquetterie, plutôt.

Ce garçon, d'allure virile, lui plaisait. Tant pis si elle passait pour effrontée ou provocante ! Elle brûlait de danser avec lui. L'inconnu l'attirait. Il avait une présence, une aisance peu communes. Il se distinguait par sa maturité.

A un moment, Jacques et Louis invitèrent respectivement Jeanne et Sidonie à danser. Ils s'éloignèrent vers la piste et se perdirent parmi les couples. Bénédicte resta seule à la table, devant sa coupe de champagne.

Le beau brun se faufila jusqu'à elle et s'inclina.

— Oui, acquiesça-t-elle.

Il dansait bien, en cadence, avec souplesse et fermeté.

— Je m'appelle André, dit-il. André Bruneval. Je suis étudiant en médecine.

— Moi aussi.

— Pas étonnant, fit-il. Ici, il n'y a que de futurs médecins. Dans quelques heures, ça va dégénérer.

— Vous croyez ? s'inquiéta-t-elle.

— Vous verrez. Ils vont brailler des chansons de corps de garde.

— Vous aussi ?

— Pardi ! Nous sommes tous carabins, nous devons suivre la tradition sous peine de faillir.

Elle se sentait bien dans ses bras. Ils ne se séparèrent pas en attendant la danse suivante. Elle coula un regard en direction de la table. Jacques et Louis faisaient grise mine.

Je suis cruelle, se dit-elle. Et cela l'emplit de satisfaction.

— Vous ne m'avez pas dit votre nom, observa André.

— Bénédicte. Je suis en première année.

Il s'écarta pour l'examiner puis la serra de nouveau dans ses bras et dit.

— Diagnostic : nous sommes faits pour nous entendre.

Il était en dernière année. Il soutiendrait bientôt sa thèse. Il comptait s'installer rue Breteuil, à Marseille, en qualité de généraliste. Son père, urologue, y avait déjà son cabinet.

— Ma voie était toute tracée, dit-il. J'appartiens à une famille de médecins.

— Moi aussi, dit-elle.

— Ah, vous voyez !

— Quoi ?

— Que nous sommes faits pour nous entendre.

— Excellent diagnostic, fit-elle en entrant dans le jeu.

Les heures coulaient et elle n'avait nulle envie de partir. A la table, les frères Ripert s'impatientaient. Ses amies s'ennuyaient ferme, car ils ne tenaient pas la conversation. Par moments, elles partaient danser au bras d'un inconnu, puis retournaient s'asseoir. Elles regardaient évoluer Bénédicte avec envie. Il leur sembla que ce soir quelque chose d'important se produisait sous leurs yeux. Leur meilleure amie allait leur échapper.

Au moment de la quitter, André Bruneval avait dit à Bénédicte :

« Nous allons nous revoir. »

Ce n'était ni une question ni un souhait. C'était une affirmation, une évidence. Bénédicte le voulait aussi. Elle se retint par pudeur de confirmer. Une telle soirée ne serait pas sans lendemain. Cela ne faisait aucun doute. Son cœur battait déjà à l'idée de le revoir bientôt. Avec André, elle se sentait merveilleusement bien, apaisée, en sécurité. Des bouffées de désir la troublaient.

Ils avaient échangé leurs adresses. André n'aurait aucune peine à la retrouver. Il suffisait de hanter les couloirs de la faculté de médecine ou de l'attendre à la sortie de l'amphithéâtre des étudiants de première année.

A la bastide, Bertrand Larivière souffrait de la solitude depuis que Bénédicte s'était inscrite à l'Université. Elle ne pouvait faire l'aller et retour, en train ou en car, dans la journée. C'était très fatigant et ça mangeait beaucoup de temps. Aussi avait-il loué une chambre à son intention chez une logeuse. Madame Claudine Santini, veuve d'un colonel, habitait au troisième étage d'un immeuble récent, avenue Pasteur, à deux pas des jardins du palais du Pharo, où se trouvait la faculté de médecine. Bénédicte pouvait s'y rendre à pied.

Bertrand se réjouissait néanmoins qu'elle eût opté pour la médecine. Sa vocation s'était dessinée très tôt. Il avait pensé qu'elle changerait d'idée, choisirait une autre branche, comme le droit ou l'enseignement.

Ce n'avait pas été le cas. Sans doute l'avait-il influencée sans le vouloir. Pour l'honorer, parce qu'il montrait l'exemple, elle avait voulu embrasser la même carrière. Elle n'avait pas présenté les choses ainsi. Mais il connaissait intuitivement les raisons qui l'avaient déterminée.

Madame Santini était une femme d'une soixantaine d'années, propre, élégante, alerte. Elle conservait fière allure. Son mari l'avait quittée pour son dernier voyage deux ans auparavant et elle ne se consolait pas de sa perte. La présence de Bénédicte égayait son quotidien. La jeune fille était polie et savait se faire discrète. Madame Santini ne protestait pas quand elle travaillait tard le soir. Etre sérieux et travailleur étaient des qualités qu'elle appréciait. Sa jeune locataire devait néanmoins respecter des règles strictes : ne pas amener des amies à la maison – surtout pas de garçons –, ne pas rentrer après vingt-deux heures, sauf exception et accord préalable.

Le vendredi soir, ou le samedi matin, Bénédicte prenait le train pour regagner Aix-en-Provence, où Bertrand l'attendait à la gare. Depuis qu'elle avait fait la connaissance d'André Bruneval, il arrivait qu'elle ne rentrât pas.

Son père adoptif ressentait cela comme un abandon. Il ne lui adressait pourtant aucun reproche. Il ne se plaignait pas et n'estimait pas sa conduite ingrate. Il fallait que jeunesse se passe. Il n'avait pas oublié la sienne. Il ne se comporterait pas en vieillard exclusif et égoïste.

Il arrivait qu'André raccompagnât Bénédicte en voiture. Il possédait une Simca blanche, achetée d'occasion grâce à la générosité de son père. Bertrand entendait croître le bruit du moteur. La voiture s'arrêtait à l'entrée de la bastide. Bénédicte en sortait et s'élançait toute guillerette vers la maison.

Pendant plusieurs mois, Bertrand s'abstint de toute remarque. De son côté, Bénédicte ne se confiait pas. Cet âge a des secrets. Il ne s'agissait probablement que d'une amourette. Comme ce manège continuait plus longtemps qu'il ne l'avait supposé, il décida d'interroger sa fille. Par prudence plutôt que par curiosité. Il s'agissait de voir qui elle fréquentait avec tant d'assiduité.

Un jour, en fin de matinée, alors qu'elle venait d'arriver et déposait son bagage dans l'entrée, il posa la question :

— Qui est ce garçon qui te ramène si régulièrement ?

Elle rougit.

— Je n'osais pas t'en parler. C'est un camarade de faculté.

— Je ne te reproche rien. Tu as le droit d'avoir un flirt.

Elle hésita, se mordit les lèvres.

— C'est plus qu'un flirt, déclara-t-elle.

— Tu l'aimes ?

— Oui.

— Et lui, est-ce qu'il t'aime ? Je ne veux pas qu'il fasse souffrir ma fille.

— Rassure-toi, il est fou de moi.

— Dans ces conditions, tu dois me présenter ce jeune homme, dit Bertrand Larivière.

André Bruneval, invité à la bastide, fit son « entrée », selon l'expression de l'époque. Bertrand le jugea charmant, sérieux et solide. Entre eux, le courant passa. Il évoqua son expérience, des cas qu'il avait traités. Il raconta quelques anecdotes. Comme André l'écoutait avec intérêt, il en fut ravi.

Après le départ du prétendant, Bénédicte, curieuse de ses premières impressions, dit :

— Qu'en penses-tu, papa ?

— Ce sera un bon médecin. Ce garçon a de l'étoffe.

Elle piaffa d'impatience.

— Ce n'est pas ce que je te demande. Que penses-tu de *lui* ?

— Tu as fait le bon choix. Il est digne de toi. Je crois que tu seras heureuse avec cet homme. Il inspire confiance.

Bénédicte réussit sa première année brillamment, comme elle avait réussi auparavant le PCB. Entre-temps, elle avait fait la connaissance des parents d'André, qui l'avaient fort bien accueillie. André, de son côté, après avoir réussi le concours de l'internat, avait passé la sixième année. Il préparait sa thèse tout en travaillant à l'hôpital de la Conception, dans le service du professeur Champetier. Dans quatre ou cinq ans, il ouvrirait son cabinet.

L'avenir s'annonçait sous les meilleurs auspices. Un testament de Jules Garriguié instituait Bénédicte sa légataire universelle. A la mort de Bertrand, elle recevrait ses biens en héritage. Elle se retrouverait donc à la tête d'une fortune conséquente qui l'aiderait à débuter dans sa profession.

Bénédicte et André se fiancèrent officiellement au cours d'une grande réception donnée à la bastide de Sauveterre. Elle se déroula au mois de juillet. Le temps était splendide. Le ciel d'azur n'avait pas une ride.

Comme leur bonheur.

Epilogue

Si l'on avait dit au docteur Bertrand Larivière, officier de la Royale, qu'il tomberait amoureux d'une montagne, il aurait haussé les épaules. Cela relevait d'une métaphore communiquant avec plus de force l'attrait exercé par le site. Prise au pied de la lettre, l'expression sombrait dans le ridicule.

Une illusion de ce genre ne risquait pas d'affecter cet esprit cartésien et lucide. N'était-il pas un homme de science gouverné par la raison, un médecin dont la pratique se fondait sur l'observation et l'expérience ?

Cela se produisait pourtant et il ne pouvait rien pour l'empêcher. Les arguments mobilisés contre cette réalité dérangeante s'avéraient vains. Bertrand vivait au quotidien cette situation incroyable, cette inclination extraordinaire. On pouvait être amoureux d'une étoile, symbole d'idéal, mais pas d'une montagne.

Quiconque mis dans la confidence eût taxé de folie le pauvre docteur. Sans doute était-il habité par une de ces Furies qui, dans la mythologie grecque, s'introduisaient dans le corps des êtres humains pour les posséder, de sorte que ceux-ci ne s'appartenaient plus. Ils devenaient irresponsables de leurs actes et de leurs paroles.

Bertrand éprouvait quelque chose de comparable. Cela troublait ses convictions, ébranlait son rationalisme.

Certes, il ne s'agissait pas de n'importe quelle montagne, de celles qu'il avait admirées au cours de ses pérégrinations, mais de la *sienne*, à l'ombre de laquelle il était né et avait grandi. Il la possédait comme elle le possédait.

Il n'avait jamais considéré les choses sous cet éclairage étrange. Maintenant, il était libre. Il disposait de tout son temps. Il l'occupait à méditer, à descendre en lui-même. Pris par l'action, il n'avait jamais touché le fond de son être. Et voilà qu'il s'enfonçait dans ce puits obscur.

Il découvrait le rôle capital joué par la Sainte-Victoire, la place qu'elle tenait dans sa vie. Tout s'était passé comme si elle l'avait laissé partir au bout du monde sans tenter de le retenir. Sûre de son pouvoir, elle serrait dans sa main l'extrémité d'une corde assez lâche pour qu'il n'en sentît pas l'entrave. Elle le récupérerait à son retour. Alors, il ne s'évaderait plus.

Un pouvoir mystérieux avait assujetti le docteur Larivière. Il ne s'en ouvrait à personne, par crainte du ridicule. Un homme normalement constitué pouvait-il s'éprendre d'une montagne comme d'une femme ? Pouvait-il éprouver les mêmes sentiments à son égard ? Pouvait-on sentir battre son cœur en l'admirant de loin comme une créature inaccessible ?

Ce genre de questions était une atteinte au bon sens. Bertrand vivait une expérience hors du commun, incommunicable. Sans doute s'agissait-il du symptôme d'une maladie psychique inconnue que la perturbation des nerfs aggravait. Tout le monde pouvait dire : « J'aime cette montagne. » C'était une manière de dire courante. La différence, c'était que Bertrand exprimait un amour vrai, presque charnel. Aberrant.

S'il advenait que quelqu'un surprît son secret, il passerait pour fou, dans le meilleur des cas pour un illuminé. On l'internerait illico. Ses confrères l'examinant estimeraient qu'il n'était plus en possession de ses moyens et n'avait plus sa tête. De là à devenir dangereux... Il faut moins que cela pour enfermer un malade dans un hôpital psychiatrique.

L'enseignement d'Hippocrate se taisait sur son cas. Il ne figurait pas parmi les maladies recensées. Aucune thérapie n'était envisageable. Il ne souffrait pas. Il était en bonne santé. Il se sentait normal, heureux de vivre. Des signes alarmants.

Se pouvait-il qu'un homme instruit, intelligent et cultivé, réputé pour sa compétence et sa sagesse, perdît soudain tout sens critique ? Bertrand, insensible au courant qui l'entraînait vers la démence, n'avait pas le sentiment d'avoir largué les amarres et de dériver au surplomb des abîmes.

Payait-il les longues heures passées dans les fumeries d'opium ? Les excès vénériens ? Les charmes empoisonnés des pays exotiques agissaient-ils à retardement, après avoir rongé son âme ?

Il argumentait spécieusement. L'amour des choses de ce monde conduisait à l'amour de Dieu. Il haussait la créature au niveau du Créateur. Il s'agissait d'un exercice spirituel s'enracinant dans la terre. Vu sous un autre angle, cet élan résultait de l'accumulation des frustrations et des échecs jamais oubliés, enfin dépassés et transcendés. Il offrait à Bertrand une compensation à la fin de ses jours, un cadeau panthéiste rachetant le passé.

Ce cadeau, il ne le garderait pas pour lui. Il le transmettrait secrètement à Bénédicte. Pour cela, il devait accomplir un pèlerinage difficile pour un homme de son âge dont la santé chancelait. Pour la dernière fois, il gravirait les pentes de la Sainte-Victoire. Il la sanctifierait à chaque pas car chaque pas serait une prière.

Il partit à l'aube, emportant une gourde d'eau, du chocolat, des morceaux de sucre et des citrons. Il n'ingérerait rien d'autre au long de l'ascension. Vue d'en bas, la montagne se dressait comme une citadelle imprenable. Deux lignes parallèles, semblables à des légions romaines impeccablement rangées en ordre de bataille, protégeaient le sommet. Plus il avançait, plus celui-ci semblait s'éloigner.

Il s'obstina. On ne transige pas avec un vœu. L'avenir de Bénédicte, l'être le plus cher, dépendait de son accomplissement. Il connaissait parfaitement les chemins quoiqu'il ne s'y fût pas aventuré depuis des années. Il n'hésitait pas. Il manquait cependant de force. Il respirait avec difficulté, s'arrêtant parfois pour reprendre haleine. Le sang battait à ses tempes. Ses jambes et ses pieds étaient endoloris.

Il repartait avec courage, seul, sans témoins, menant un combat contre lui-même. Il arriverait au sommet coûte que coûte. Il l'avait promis à la Vierge Marie pour qu'elle épargne sa fille adoptive, qu'elle éloigne les dangers et les malheurs de sa trajectoire. C'était l'unique chose qu'il puisse faire désormais en sa faveur.

Il n'aurait pas dû. Il avait encore eu récemment une alerte cardiaque. Il savait ce qu'il risquait. Il l'assumait.

Au bout de plusieurs heures de marche épuisante, il arriva en haut du dernier éboulis, là où se profilait l'arête rocheuse qui conduisait à la grande croix érigée en 1875. Il s'engagea sur cette étroite ligne rocheuse, entre deux précipices. S'il glissait, la chute lui serait fatale. Il progressait lentement, avec précaution. Si près du but, malgré la fatigue, une nappe de joie l'envahit.

J'y suis arrivé, pensa-t-il. J'ai réussi.

Il atteignit enfin la croix, s'agenouilla, joignit les mains, ferma les yeux sur son tumulte intérieur et, avec toute la ferveur dont il se savait capable, prononça son action de grâce.

Vous avez aimé ce roman

Vous aimerez
également, du même auteur

L'Aîné des Gallian

A Mérianne, au pied des Alpilles, les Gallian, riches paysans à la tête d'un vaste domaine, appartiennent à l'aristocratie paysanne de la Provence rhodanienne, mais leur avenir est menacé…

Lors de la Grande Guerre, la mort de Baptiste Gallian a élevé Anselme, l'aîné, au rang de chef de famille. Henri, le cadet, revient des combats en état de choc et à demi amnésique : il a perdu le goût de vivre et refuse de s'intégrer dans la société. Les horreurs de la guerre ont définitivement balayé le rêve caressé par Anselme d'une famille nombreuse, puissante et harmonieuse. Lui-même étant veuf, sans héritier, il voit l'avenir des Gallian s'assombrir.

Sur cette terre des Alpilles d'une splendeur tragique, Anselme, seul à vouloir conjurer le sort, parviendra-t-il à sauver l'honneur et la lignée des Gallian ?

C'est dans la terre provençale que Jean-Max Tixier a su puiser ces personnages forts et fiers aux destinées tragiques. En digne cousin de Frédéric Mistral, ce grand conteur manie une prose poétique qui captive et enchante.

Le Mas des terres rouges

Dans les années 1930, une histoire d'amour passionnelle et tragique au cœur du paysage mystérieux des carrières d'ocre du Luberon.

Raymond Sijean, la quarantaine, vit seul dans son superbe domaine du mas des terres rouges. Il exploite avec succès la pierre ocre qui sert à enduire les façades des maisons provençales. A Marseille, il rencontre une jolie orpheline, Léa, au passé sombre et secret. Raymond l'engage comme gouvernante. Puis, sous le charme, il l'épouse. Mais que sait-il vraiment d'elle ? Dans l'ombre, Modeste Picone, qui voue à son demi-frère Raymond une haine implacable, complote une vengeance. La venue de la séduisante jeune femme, dans l'univers rude et masculin des carrières, va lui fournir une occasion rêvée...

Jean-Max Tixier déploie tout son talent de romancier, de poète, d'homme du Sud pour évoquer la dangereuse spirale des sentiments et les tragédies de l'amour dans ce roman inspiré d'une légende.

Marion des salins

Au début de la Belle Epoque, à Hyères, Marion Figuières, fille d'un humble saunier, découvre les épreuves et les injustices de l'existence.

Depuis des siècles, sur les étangs du littoral méditerranéen, l'exploitation de sel marin, l'« or blanc », est florissante. Marion a grandi au rythme des récoltes dans les marais salants. Par tradition familiale, elle en connaît tous les secrets et les rites. Mais la tâche est ingrate, le quotidien difficile. La jeune femme rêve d'une vie meilleure.

Hyères est alors fréquentée par une clientèle de riches hivernants. Pour les accueillir, la ville a développé de nombreux hôtels de luxe. Un jour, Marion rencontre John Keepton, héritier d'une famille londonienne aisée. Elle pense avoir enfin trouvé le bonheur. John décide de construire un hôtel qu'ils dirigeront tous les deux. Mais, en 1914, la guerre éclate.

L'amour, les projets, les illusions survivront-ils à la Grande Guerre ?

Avec *Marion des salins,* Jean-Max Tixier évoque la beauté du rude métier de saunier et les premières années du tourisme en Côte d'Azur. Mais, surtout, il peint l'inoubliable portrait d'une femme de caractère qui conquiert sa liberté.

Le Maître des roseaux

En Camargue, dans les années 1950, les Fouque sont manadiers de père en fils et fiers de perpétuer la coutume. Aussi voient-ils d'un mauvais œil la conversion des Fontan, devenus fermiers et riziculteurs. Mais la rivalité ancestrale des deux clans traduit un malaise plus profond : entre tradition et progrès, la Camargue se cherche. La jeune et fougueuse Isabelle de Fontan, si différente des siens, amoureuse d'un Fouque, n'en incarne-t-elle pas le nouveau visage ?

Entre étangs et marais, un homme étrange arpente chaque jour les terres de son enfance. Pour vivre, il coupe les sagnes qui couvriront le toit des cabanes. Gardien d'un terrible secret, celui qui l'a vu naître, Joseph ressemble à sa Camargue. A la fois sauvage et mystérieux. Un jour l'ermite sauve la vie d'Isabelle piégée par un taureau. Dès lors, il la protégera de la folie des siens...

La Fiancée du santonnier

Cyprien Bonnafous, fils d'une riche famille marseillaise, fréquente l'atelier de Fernand Gassin pour lequel il s'est pris d'une grande amitié. Celui-ci, vieux militant socialiste, l'initie à la politique tout en lui enseignant l'art de fabriquer les santons.

Le 17 juin 1881 éclatent les « vêpres marseillaises », véritable pogrom anti-Italiens. Au cours de cette journée tragique, Cyprien et son meilleur ami sauvent une jeune Italienne, Gina Ricciardi, de ses agresseurs. Gina et Cyprien tombent rapidement amoureux l'un de l'autre.

Mais le soleil de Provence masque parfois bien des tragédies et des douleurs... Qu'adviendra-t-il de Cyprien, dont l'amour pour Gina et la passion des santons sont la raison de vivre en dépit de l'hostilité de sa famille ?

Au portrait d'un artiste luttant pour son bonheur se superpose la peinture subtile de Marseille, ville prospère en devenir aux quartiers populaires bigarrés.

Une Provence touchante à découvrir. Un roman à l'émotion constante.

Le Crime des hautes terres

En Haute Provence, entre Manosque et Sisteron.

Au retour de la guerre de 39-45, Martin Charlet acquiert le domaine des Hautes Terres, à proximité de son village natal. Son train de grand seigneur et sa fortune aux origines troubles irritent les villageois, nourrissent leur médisance et leur hostilité. Tout se complique lorsque Pauline, jolie jeune femme ambitieuse, entre dans sa vie. Jalousies et rivalités se concentrent désormais sur elle. Ces sentiments très forts, à l'image de la haute Provence, lieu de l'action, entraînent les personnages dans un engrenage dramatique.

PRODUCTION JEANNINE BALLAND

Romans « Terres de France »

Jean Anglade
Un parrain de cendre
Le Jardin de Mercure
Y a pas d'bon Dieu
La Soupe à la fourchette
Un lit d'aubépine
La Maîtresse au piquet
Le Saintier
Le Grillon vert
La Fille aux orages
Un souper de neige
Les Puysatiers
Dans le secret des roseaux
La Rose et le Lilas
Avec le temps…
L'Ecureuil des vignes
Une étrange entreprise
Le Temps et la Paille
Les Ventres jaunes
Le Semeur d'alphabets
La Bonne Rosée
Sylvie Anne
Mélie de Sept-Vents
Le Secret des chênes
La Couze
Ciel d'orage sur Donzenac
La Maîtresse du corroyeur
Un horloger bien tranquille
Un été à Vignols
La Lavandière de Saint-Léger
Jean-Jacques Antier
Tempête sur Armen
Marie-Paul Armand
Le Vent de la haine
La Courée
tome I *La Courée*
tome II *Louise*
tome III *Benoît*
La Maîtresse d'école
La Cense aux alouettes
L'Enfance perdue
Un bouquet de dentelle
Au bonheur du matin
Le Cri du héron
Le Pain rouge
La Poussière des corons
Victor Bastien
Retour au Letsing
Henriette Bernier
L'Enfant de l'autre
L'Or blanc des pâturages
L'Enfant de la dernière chance
Le Choix de Pauline
La Petite Louison
Françoise Bourdon
La Forge au Loup
La Cour aux paons
Le Bois de lune
Le Maître ardoisier
Les Tisserands de la Licorne
Le Vent de l'aube
Les Chemins de garance
La Figuière en héritage
Patrick Breuzé
Le Silence des glaces
La Grande Avalanche
La Malpeur
Nathalie de Broc
Le Patriarche du Bélon
La Dame des Forges
La Tresse de Jeanne
Annie Bruel
Le Mas des oliviers
Les Géants de pierre
Marie-Marseille
Michel Caffier
Le Hameau des mirabelliers
La Péniche Saint-Nicolas
Les Enfants du Flot
La Berline du roi Stanislas
La Plume d'or du drapier
L'Héritage du mirabellier
Claire Chazal
L'Institutrice
Didier Cornaille
Les Labours d'hiver
Les Terres abandonnées
Etrangers à la terre
L'Héritage de Ludovic Grollier
L'Alambic
Georges Coulonges
Les Terres gelées
La Fête des écoles

La Madelon de l'an 40
L'Enfant sous les étoiles
Les Flammes de la Liberté
Ma communale avait raison
Les blés deviennent paille
L'Eté du grand bonheur
Des amants de porcelaine
Le Pays des tomates plates
La Terre et le Moulin
Les Sabots de Paris
Les Sabots d'Angèle
La Liberté sur la montagne
Les Boulets rouges de la Commune

Anne Courtillé
Les Dames de Clermont
Florine
Dieu le veult
Les Messieurs de Clermont
L'Arbre des dames
Le Secret du chat-huant
L'Orfèvre de Saint-Séverin

Paul Couturiau
En passant par la Lorraine

Annie Degroote
La Kermesse du diable
Le Cœur en Flandre
L'Oubliée de Salperwick
Les Filles du Houtland
Le Moulin de la Dérobade
Les Silences du maître drapier
Le Colporteur d'étoiles
La Splendeur des Vaneyck
Les Amants de la petite reine

Alain Dubos
Les Seigneurs de la haute lande
La Palombe noire
La Sève et la Cendre
Le Secret du docteur Lescat
Constance et la Ville d'Hiver

Marie-Bernadette Dupuy
L'Orpheline du bois des Loups
Les Enfants du Pas du Loup
La Demoiselle des Bories
Le Chant de l'Océan

Elise Fischer
Trois Reines pour une couronne
Les Alliances de cristal
Mystérieuse Manon
Le Soleil des mineurs
Les cigognes savaient
Confession d'Adrien le colporteur

Laurence Fritsch
La Faïencière de Saint-Jean

Alain Gandy
Adieu capitaine
Un sombre été à Chaluzac
L'Enigme de Ravejouls
Les Frères Delgayroux
Les Corneilles de Toulonjac
L'Affaire Combes
Les Polonaises de Cransac
Le Nœud d'anguilles
L'Agence Combes et Cie
Suicide sans préméditation
Fatale Randonnée
Une famille assassinée
Le piège se referme

Gérard Georges
La Promesse d'un jour d'été
Les Bœufs de la Saint-Jean
L'Ecole en héritage
Le Piocheur des terres gelées
Les Amants du chanvre
La Demoiselle aux fleurs sauvages

Denis Humbert
La Malvialle
Un si joli village
La Rouvraie
L'Arbre à poules
Les Demi-Frères
La Dernière Vague

Yves Jacob
Marie sans terre
Les Anges maudits de Tourlaville
Les blés seront coupés
Une mère en partage
Un homme bien tranquille

Hervé Jaouen
Que ma terre demeure
Au-dessous du calvaire
Les Ciels de la baie d'Audierne
Les Filles de Roz-Kelenn

Michel Jeury
Au cabaret des oiseaux

Marie Kuhlmann
Le Puits Amélie

Guillemette de La Borie
Les Dames de Tarnhac
Le Marchand de Bergerac

Jean-Pierre Leclerc
Les Années de pierre
La Rouge Batelière
L'Eau et les Jours
Les Sentinelles du printemps
Un amour naguère
Julien ou l'Impossible Rêve

A l'heure de la première étoile
Hélène Legrais
Le Destin des jumeaux Fabrègues
La Transbordeuse d'oranges
Les Herbes de la Saint-Jean
Les Enfants d'Elisabeth
Louis-Jacques Liandier
Les Gens de Bois-sur-Lyre
Les Racines de l'espérance
Jean-Paul Malaval
Le Domaine de Rocheveyre
Les Vignerons de Chantegrêle
Jours de colère à Malpertuis
Quai des Chartrons
Les Compagnons de Maletaverne
Le Carnaval des loups
Les Césarines
Grand-mère Antonia
Une maison dans les arbres
Une reine de trop
Une famille française
Le Crépuscule des patriarches
La Rosée blanche
Dominique Marny
A l'ombre des amandiers
La Rose des Vents
Et tout me parle de vous
Jouez cœur et gagnez
Pascal Martin
Le Trésor du Magounia
Le Bonsaï de Brocéliande
Les Fantômes du mur païen
La Malédiction de Tévennec
L'Archange du Médoc
Louis Muron
Le Chant des canuts
Henry Noullet
La Falourde
La Destalounade
Bonencontre
Le Destin de Bérengère Fayol
Le Mensonge d'Adeline
L'Evadé de Salvetat
Les Sortilèges d'Agnès d'Ayrac
Le Dernier Train de Salignac
Michel Peyramaure
Un château rose en Corrèze
Les Grandes Falaises
Frédéric Pons
Les Troupeaux du diable
Les Soleils de l'Adour
Passeurs de nuit
Jean Siccardi
Le Bois des Malines
Les Roses rouges de décembre
Le Bâtisseur de chapelles
Le Moulin de Siagne
Un parfum de rose
La Symphonie des loups
La Cour de récré
Les Hauts de Cabrières
Bernard Simonay
La Fille de la pierre
La Louve de Cornouaille
Jean-Michel Thibaux
La Bastide blanche
La Fille de la garrigue
La Colère du mistral
L'Homme qui habillait les mariées
La Gasparine
L'Or des collines
Le Chanteur de sérénades
La Pénitente
L'Enfant du mistral
Jean-Max Tixier
Le Crime des Hautes Terres
La Fiancée du santonnier
Le Maître des roseaux
Marion des salins
Le Mas des terres rouges
L'Aîné des Gallian
Brigitte Varel
Un village pourtant si tranquille
Les Yeux de Manon
Emma
L'Enfant traqué
Le Chemin de Jean
L'Enfant du Trièves
Le Déshonneur d'un père
Blessure d'enfance
Mémoire enfouie
Louis-Olivier Vitté
La Rivière engloutie
L'Enfant des terres sauvages
Colette Vlérick
La Fille du goémonier
Le Brodeur de Pont-l'Abbé
La Marée du soir
Le Blé noir

Biographie

Michel Caffier
Le Découvreur du Mississippi

Récit « Terres de France »

Albine Novarino
George Sand ou l'Amour du Berry

Collection « Sud Lointain »

Sylvie Anne
L'Appel de la pampa
Jean-Jacques Antier
Marie-Galante, La Liberté ou la Mort
La Dame du Grand-Mât
Le Sixième Condamné de l'Espérance
Erwan Bergot
Les Marches vers la gloire
Sud lointain
tome I *Le Courrier de Saïgon*
tome II *La Rivière des parfums*
tome III *Le Maître de Bao-Tan*
Rendez-vous à Vera-Cruz
Mourir au Laos
Jean Bertolino
Chaman
Fura-Tena
Anne Courtillé
Le Mosaïste de Constantinople
Paul Couturiau
Le Paravent de soie rouge
Le Paravent déchiré
L'Inconnue de Saigon
Les Amants du fleuve Rouge
Le Pianiste de La Nouvelle-Orléans
Les Brumes de San Francisco
Paradis perdu
Annie Degroote
L'Etrangère de Saint-Pétersbourg
Alain Dubos
Acadie, terre promise
Retour en Acadie
La Plantation de Bois-Joli
La Baie des maudits
Elise Fischer
L'Enfant perdu des Philippines
Hubert Huertas
L'Orque de Magellan
Gérard A. Jaeger
Pour l'amour de Blanche
Hervé Jaouen
L'Adieu au Connemara
Le Testament des McGovern
Diane Lacombe
L'Hermine de Mallaig
Eric Le Nabour
Orages sur Calcutta
Les Démons de Shanghai
Les Jardins d'Istanbul
Sonia Marmen
La Vallée des larmes
La Saison des corbeaux
La Terre des conquêtes
La Rivière des promesses
Dominique Marny
Du côté de Pondichéry
Les Nuits du Caire
Cap Malabata
Du côté de Bombay
Juliette Morillot
Les Orchidées rouges de Shanghai
Michel Peyramaure
Le Pays du Bel Espoir
Les Fleuves de Babylone
Les Tambours sauvages
Le Temps des moussons
Les Roses noires de Saint-Domingue
Bernard Simonay
Les Tigres de Tasmanie
La Dame d'Australie
Princesse maorie
Jean-Michel Thibaux
La Fille de Panamá
Tempête sur Panamá
La Pyramide perdue
La Cinquième Courtisane
Colette Vlérick
Le Domaine du belvédère

Romans

Hubert Huertas
Nous jouerons quand même ensemble
La Passagère de la « Struma »
Terminus Pondichéry
Denis Humbert
Un été d'illusions
Dominique Marny
Mes nuits ne sont pas les vôtres
Michel Peyramaure
Le Roman de Catherine de Médicis
Jean-Michel Thibaux
Le Roman de Cléopâtre

Composé par Nord Compo
à Villeneuve-d'Ascq

Achevé d'imprimer sur les presses de

BUSSIÈRE

GROUPE CPI

à Saint-Amand-Montrond (Cher)
en avril 2008

N° d'édition : C 07568. — N° d'impression : 081082/1.
Dépôt légal : avril 2008.

Imprimé en France